Karl E

Sancta Agnes

SALZWASSER
VERLAG

Karl Bartsch

Sancta Agnes

1. Auflage | ISBN: 978-3-75250-974-8

Erscheinungsort: Frankfurt am Main, Deutschland

Erscheinungsjahr: 2020

Salzwasser Verlag GmbH, Deutschland.

Nachdruck des Originals von 1869.

SANCTA AGNES.

PROVENZALISCHES GEISTLICHES SCHAUSPIEL

HERAUSGEGEBEN

VON

KARL BARTSCH.

BERLIN.

VERLAG VON W. WEBER.

1869.

EINLEITUNG.

Das geistliche Schauspiel, welches ich hier ver-
öffentliche, fand ich in der Bibliothek des Fürsten
Chigi in Rom. Die Handschrift, Pergament in klein
Quart, hat die Bezeichnung C. V. 151, und umfasst
142 Blätter; sie ist im 14. Jahrhundert geschrieben
und enthält folgendes:

Bl. 1ᵃ Concilium per dominum Rostagnum di-
vina providencia Aralatensem archiepiscopum secundum apud insulam celebratum. 'In nomine domini
nostri ihū xpī ad omnia concilia et actus nostros'
, *u. s. w.*

Bl. 3ᵃ Concilium domini Johannis celebratum
anno domini *M. CC. XXX. IIII. VI.* idus iulii.

Bl. 5ᵇ Concilium secundum dicti domini Johannis.

Bl. 6ᵃ Concilium primum per dominum. B.
Maleferrati condam archiepiscopum Arelatensem
celebratum.

Bl. 7ᵃ Concilium domini Florentini.

Bl. 14ᵇ Concilium celebratum per dominum
Bertrandum archiepiscopum Arelatensem, postea
episcopum Sabinensem.

Bartsch, Sancta Agnes.   a

Bl. 19^b Concilium domini Bertrandi Amalrici archiepiscopum *(sic!)* aralateñ. *Bricht 22*^b *unvollständig ab.*

Bl. 25 De exaudiendi velociter precibus amicorum et de vera amicicia exc' st' exordia senece. 'Ordo rationis expostulat ut amicorum precibus alter alterius condescendat.' *Am Schlusse (41*^b*) steht:* Expliciunt exordia senece quibus annexe sunt conclusiones que adaptari possunt quibuscunque generibus dictaminum.

Bl. 41^b, *von jüngerer Hand:* Incipit epistola de vulture quam misit b'ñt alexandro regi. 'Nescit humanum genus quantam sanitatem et virtutem habet vultur in se, sed ego ductus vestro amore' *u. s. w.*

Bl. 46^a — *65*^b *das provenzalische Lehrgedicht, welches ich nach der Handschrift des Arsenals in meinen Denkmälern S. 192 — 215 herausgegeben habe. Ueber das Verhältniss beider Texte werde ich an anderem Orte das nähere mittheilen.*

Bl. 69^a — *85*^d *das hier herausgegebene Schauspiel.*

Bl. 87^a *bis zum Schlusse:* Summa notarie de hiis que in foro ecclesiastico coram quibuscunque personis iudic̄ conscribenda occurrunt notariis, *von Johannes Bononiensis.*

Während jenes Lehrgedicht von einer grösseren Hand ohne Spalten geschrieben ist, schrieb eine kleinere das Schauspiel in Spalten. Der Inhalt der Handschrift ist erst später vereinigt worden: das Schauspiel bildete, noch nach dem Verlust des Anfangs, ein voll-

ständiges Ganze, daraus erklärt sich dass die Vorderseite von Bl. 69 durch Abreiben sehr gelitten hat und
schwer leserlich ist, namentlich das Roth der lateinischen Stellen ist öfter abgesprungen. Dasselbe gilt
von der Rückseite von Bl. 85. Sämmtliche lateinische
Stellen sind roth geschrieben. Die zum Gesang bestimm-
ten Stücke stehen zwischen Notenlinien; die Noten sind,
mit wenigen Ausnahmen, ausgefüllt.

Der Fund ergänzt eine Lücke in der Geschichte
der provenzalischen Dichtung; von provenzalischem
Drama wussten wir bisher nichts, denn die Bruchstücke
des Ludus sancti Jacobi (vgl. meine Chrestomathie
399 — 406) gehören kaum noch der altprovenzalischen
Sprache an, und das Fragment von den klugen und
thörichten Jungfrauen, das Raynouard für provenza-
lisch hielt, ist vielmehr altfranzösisch. Schon dadurch
gewinnt dies Denkmal eine höhere Bedeutung, auch
wenn es nicht mehr der Blüthezeit der Literatur angehört: wir werden aber sehen, dass ihm noch eine
andere literarische Wichtigkeit zukommt.

Als Quelle benutzte der Verfasser die Vita S.
Agnetis von Ambrosius (Acta SS., Jan. II, 715-718),
die auch den lateinischen Dichtungen Hrotsviths und
Hildeberts zu Grunde liegt. Ich habe in den An-
merkungen die schlagendsten Beweisstellen angeführt.
Der Anfang des Spiels ist uns verloren: nach der
Ausführlichkeit des übrigen zu schliessen mangeln sicher-
lich 3 — 4 Blätter. Ich will das betreffende Stück der
Legende (cap. 1 — 4) hier einrücken.

a *

Servus Christi Ambrosius virginibus sacris. Diem festum sanctissimae virginis celebremus. hinc psalmi resonent, inde concrepent lectiones. hinc populorum turbae laetentur, inde subleventur pauperes Christi. Omnes ergo gratulemur in domino, et ad aedificationem virginum qualiter passa sit Agnes beatissima ad memoriam revocemus. Tertio decimo aetatis suae anno mortem perdidit et vitam invenit, quia solum vitae dilexit auctorem. Infantia computabatur in annis, sed erat senectus mentis immensa: corpore quidem juvencula, sed animo cana; pulchra facie, sed pulchrior fide.

Quae dum a scholis reverteretur, a praefecti urbis filio adamatur. cujus parentes cum requisisset et invenisset, coepit offerre plurima et plura promittere. denique detulerat secum pretiosissima ornamenta, quae a b. Agne veluti quaedam sunt stercora recusata. Unde factum est ut juvenis majori perurgeretur amoris stimulo. et putans eam meliora velle accipere ornamenta, omnem lapidum pretiosorum secum defert gloriam: et per seipsum et per amicos et notos et affines coepit aures virginis appellare; divitias, domos, possessiones, familias atque omnes mundi delicias promittere, si consensum suum ejus conjugio non negaret.

Ad · haec b. Agnes tale fertur juveni dedisse responsum 'discede a me, fomes [1] peccati, nutri-

---

1) *So ist auch bei Hrotsvith, Agn. 62, statt fames zu lesen.*

mentum facinoris, pabulum mortis; discede a me,
quia ab alio jam amatore praeventa sum, qui mihi
satis meliora te obtulit ornamenta, et annulo fidei
suae subarrhavit me, longe te nobilior et genere
et dignitate. ornavit inaestimabili dextrochirio
dexteram meam et collum meum cinxit lapidibus
pretiosis; tradidit auribus meis inaestimabiles
margaritas et circumdedit me vernantibus atque
coruscantibus gemmis. posuit signum suum super
faciem meam, ut nullum praeter ipsum amatorem
admittam. induit me cyclade auro texta et immen-
sis monilibus ornavit me. ostendit mihi thesauros
incomparabiles, quos mihi se donaturum repro-
misit si ei perseveravero. Non ergo potero ad con-
tumeliam prioris amatoris vel adspicere alium et
illum derelinquere cum quo sum caritate devincta:
cujus est generositas celsior, possibilitas fortior, ad-
spectus pulchrior, amor suavior, et omni gratia ele-
gantior: a quo mihi jam thalamus collocatus est,
cujus mihi organa modulatis vocibus resonant, cujus
mihi virgines justissimis vocibus cantant. Jam mel
et lac ex ore ejus suscepi: jam amplexibus ejus
castis adstricta sum: jam corpus ejus corpori meo
sociatum est, et sanguis ejus ornavit genas meas.
cujus mater virgo est, cujus pater feminam nescit.
cui angeli serviunt, cujus pulchritudinem sol et
luna mirantur: cujus odore reviviscunt mortui, cujus
tactu foventur infirmi: cujus opes nunquam deficiunt,
cujus divitiae non decrescunt. Ipsi soli servo fidem;

ipsi me tota devotione committo. quem cum amavero, casta sum; cum tetigero, munda sum; cum accepero, virgo sum. nec deerunt post nuptias filii, ubi partus sine dolore succedit et foecunditas quotidiana cumulatur.'

Audiens haec insanus juvenus amore carpitur caeco, et inter angustias animi et corporis anhelo cruciatur spiritu. Inter haec lecto prosternitur et per alta suspiria amor a medicis aperitur. fiunt nota patri quae fuerunt inventa a medicis; et eadem paterna voce, quae fuerant jam dicta a filio, ad petitionem virginis revolvuntur. abnegat Agnes beatissima et se nullo pacto asserit prioris sponsi foedera violare. Cumque pater diceret in fascibus constitutum se praefecturam agere et idcirco sibi quamvis illustrissimum minime debere praeferre, coepit tamen vehementer inquirere quis esset sponsus de cujus se Agnes potestate jactaret. Tunc extitit quidam ex parasitis ejus qui diceret hanc christianam esse ab infantia et magicis artibus ita occupatam ut dicat Christum sponsum suum esse.

Die letzten Sätze sind bereits, wenn auch sehr frei, in dem uns erhaltenen Anfange verarbeitet. In dem mitgetheilten wird nach Analogie späterer Stellen namentlich die Rede der Heiligen (c. 3) vom Dichter treu benutzt worden sein.

Der Präfect lässt durch einen Boten die Jungfrau zu sich entbieten: dieser Bote, Rabat, ist die erste Erfindung des Dichters, er ist die komische Per-

son des Stückes, was namentlich durch das Trinken in Z. 16 angedeutet ist. Der Präfect sucht nach der vita Agnes durch Schmeichelreden, dann durch Drohungen den Wünschen seines Sohnes geneigt zu machen, sie aber bleibt standhaft; diesen Gedanken hat der Dichter weiter ausgeführt, doch die Drohungen auf später verspart. Er lässt nun die Eltern und Verwandten holen: der Dichter fügt hinzu, dass er auch die Römer entbieten lässt; die mit diesen stattfindende Berathung ist daher gleichfalls Zusatz, wie auch die Vertheidigung von Agnes' Verwandten und deren Gespräche mit dieser. Nach der vita wird Agnes am folgenden Tage wieder vor den Präfecten gefordert; das Schauspiel setzt die Einheit der Zeit fort und lässt den Präfecten, in Uebereinstimmung mit der Quelle, von neuem bitten seinem Sohne Liebe zu gewähren. Als dies vergeblich ist, will er sie unter die Schar der Vestalinnen einreihen, damit sie so der Göttin diene (vgl. 349 — 355). Das folgende (cap. 6. 7) ist am getreuesten benutzt, das Gespräch zwischen Agnes und dem Richter (356 — 455). Der Richter befiehlt sie zu entkleiden und ins Bordell zu führen. Eine zweite Person ist hier vom Dichter eingeschoben, Saboret, der offenbar der praeco des Originals ist (vgl. preconizatum 480 und zu 474). Die folgenden Klagegesänge der Mutter und Schwester wie der Heiligen selbst sind Zusatz des Dichters. Nach der Legende hüllen die aufgelösten Haare Agnes vollständig wie ein Kleid ein; der Bearbeiter hat daraus ein wirkliches indumentum capillorum *gemacht, welches Christus dem Erzengel Michael für Agnes mitgibt. Nach der vita findet sie den Engel schon in dem Bordell, der sie mit einem Glanze umfängt dass jeder der sie ansieht geblendet wird: auf ihr Gebet erscheint vor ihren Augen ein weisses Gewand, das sie anlegt. Auch in dem Spiele übergiebt nachher Christus dem Erzengel Gabriel ein Gewand für Agnes, welches sie anzieht, also ein zweifaches. Die Bekehrung der in dem Bordell befindlichen Weiber, deren Namen vom Dichter erfunden sind, ist wohl aus den Worten der Quelle (c. 9)* Inter lupanar locus orationis efficitur: in quo omnis, qui fuisset ingressus, adoravit et veneraretur et dans honorem immenso lumini mundior egrederetur foras quam fuerat intus ingressus *entnommen, wiewohl dieselben auf Männer zu beziehen sind. Der Sohn des Präfecten begibt sich mit seinen Genossen nach dem Bordell: diese treten vor ihnen ein, kommen aber bekehrt zurück und werden von ihm gescholten. Dies hat der Dichter weiter ausgeführt und hinzugefügt, dass sie auf seinen Befehl nochmals hineingehen, aber wiederum unverrichteter Sache zurückkehren. Er tritt nun selbst ein, wird aber, noch ehe er Agnes berührt, vom Teufel erwürgt. Die harrenden Genossen glauben ihn mit Liebesgenuss beschäftigt; einer geht hinein, findet ihn todt und ruft das Volk zusammen. Grosser Auflauf und Erregung: die Worte* alii dicebant magam, alii innocentem, alii sacrilegam conclamabant *sind in Z. 824—852*

verarbeitet. Der Präfect kommt hinzu; der Zug, dass
man ihm den Tod des Sohnes erst verheimlicht, ist
ein dramatisch nicht unwirksamer Zusatz. Aus
den Anklageworten des Vaters (c. 10) Crudelissima
omnium feminarum, in filium meum voluisti apo-
dixin tuae artis magicae demonstrare? *ist durch*
Missverständniss der Name des Sohnes, Apodixes
(1055. 1059) entstanden, ein neuer Beleg für diese
in mittelalterlichen Quellen so häufige Thatsache. Die
Erweckung des Jünglings folgt der Vita, die voraus-
gehenden Reden sind wieder treu benutzt. Die Be-
freiung der Seele aus der Hölle ist ein hinzugefügter
Zug, den sich der dramatische Dichter nicht entgehen
liess; alles ist hier wieder breiter ausgeführt. Das
Gebet des erweckten Jünglings zeigt wörtliche Anklänge
(zu 1063). Dagegen weicht das folgende etwas ab:
in der Vita bekehrt sich der Präfect nicht zum Christen-
thume, sondern entfernt sich betrübt darüber dass er
Agnes nicht befreien kann, und doch nicht wagend
den Priestern entgegenzutreten, die das Volk gegen die
vermeintliche Zauberin aufhetzen. Den Ruf der Menge
(c. 11) Tolle magam, tolle maleficam, quae et
mentes immutat et animos alienat *sehen wir in Z.*
1145 — 1162 verarbeitet. Der Präfect legt sein Amt
nieder, und sein vicarius *Aspasius übernimmt dasselbe;*
im Schauspiel schlägt der abgehende Präfect ihn zum
Nachfolger vor. Ein neues Verhör mit Agnes ist
wieder Zusatz wie überhaupt alles hier freier und
breiter ist. Die Spaltung des Feuers fehlt im Drama;

dagegen ist benutzt dass dasselbe auf die Römer fällt,
nur dass bei dem Dichter Engel es auf dieselben wer-
fen. Die Bekehrung der zurückbleibenden Römer ist
hinzugefügt. Das Gebet der Heiligen weicht ab und
ist nicht benutzt. Ebenso der Schluss: in der vita
lässt Aspasius, nachdem das Feuer erloschen, sie durch
das Schwert tödten. Die folgenden Capitel der Legende,
die den Tod der h. Emerentiana und die Bekehrung
der Constantia erzählen, hat der Dichter natürlich
nicht mehr verwendet. Dass das Ganze wirklich mit
dem uns erhaltenen schloss, ergiebt die Aufforderung
des Aspasius nun wegzugehen (1464) und die lateinischen Antiphonen, die die Engel singen.

Man darf einräumen, dass im allgemeinen der
Dichter seinen Stoff nicht ungeschickt behandelt hat,
wenn er auch kein bedeutendes Talent bekundet und
eine Armuth der Sprache und des Ausdrucks zeigt,
wie sie bei den Legendendichtern des 14. Jahrhunderts
sich meist findet. Denn nicht früher als in diese
Zeit, der auch die Handschrift angehört, ist das
Drama zu setzen. Es sind namentlich zwei metrische
Erscheinungen, die auf das 14. Jahrhundert hinweisen.
Ich meine die einsilbige Aussprache des Diphthongs ia
bei betontem i, und die Verschleifung eines auslautenden Vocales mit einem anlautenden. Der Gebrauch
von ia als zwei Silben im Verse ist bei den älteren
Dichtern so überwiegend, dass die dazwischen vorkommenden Ausnahmen, die noch dazu zum Theil
auf Fehlern der Handschriften beruhen, nicht in Be-

tracht kommen. *Ein paar Belege bietet schon Boethius:*

ella so fez, anz avia plus`de mil *188.*

a obs los Grex Roma volia tradar *66.*

cil li falirent quel solient ajudar *70.*

mas d'una causa u nom avia genzor *38.*

Und zahlreichere im Girart von Rossilho:

mas el no me penra tan cum sia vius *254.*

e ieu remanria fols e esbaitz *245.*

e veiria mos osdals els brulhs floritz *241.*

e veiria mos donsels que ieu ai noiritz *242.*

Belfadieu lo judieu sia nunciat *1075.*

und so noch sia *1750. 4938. In der klassischen Zeit aber sind die Belege ungleich spärlicher: am häufigsten kommt wohl* sia *vor: vgl. Rayn. 4, 135. Mahn 1, 235. 277. 2, 49. Gedichte 542, 5. 750, 2. 828, 2. Herrig 33, 308. 35, 444. Ferner* mia *Rayn. 4, 136, und präter. in* ia: *Rayn. 4, 430. 253, oder conditionale in* ria: *Mahn 1, 70. Guir. Riquier 69, 84. Häufiger schon bei Bertram Carbonel, der bereits der 2. Hälfte des 13. Jahrhunderts angehört: vgl. Denkmäler 6, 25. Rayn. 4, 283. 286, und ungleich häufiger bei Guiraut del Olivier: Denkmäler 34, 11. 42, 8. 42, 29. 30. 39, 21. 26. 43, 19. 46, 1. Bei den Dichtern des 14. Jahrhunderts aber immer allgemeiner: so bei Raimon Ferraut schon in den wenigen gedruckten Stellen etwa sechsmal; oft bei Lunel de Monteg (Denkm. 114 ff.), in dem Gedichte auf König Roberts Tod und im Guillaume*

*de la Barre (Meyer S. 30). Daneben kommt natür-
lich in allen diesen Gedichten die ältere Messung vor.
So auch in der h. Agnes.* Wir *finden auch hier am
häufigsten* sia *in einsilbigem Gebrauche:* 33. 42. 128.
140. 145. 181. 525. 631. 691. 732. 828. 837.
866. 910. 1044 *u. s. w.,* dagegen *zweisilbig* 352.
783. 891. 1122. 1247. 1308. 1321. *Ferner prät.
in* ia: avia 247. 249. 1187. 1207, sabia 416, tenia
818, cresia 963. 1220, volia 1000. 1235. 1376,
vesia 1008, sufria 1058. 1067, dormia 1220, *und
condit. in* ria: dcuria 57. 373. 380, volria 68. 139.
223. 244. 1009, auria 79. 213, tenria 80, scria
81. 610. 718, poiria 206. 216. 330. 375. 769.
804, diria 417, covenria 760, sabria 1263, *wogegen* deuria 65, volia 147, avia 959, cresia 1215,
in ursprünglicher Messung. Ferner mia *(meine)* 535.
1102, sia *(seine)* 604. 1236. 1306, *dagegen zweisilbig* 1141; via *einsilbig* 677. 711. 713. 1448,
vias 880. *Sodann einige Wörter, in denen* i *nicht
betont ist, die aber in der lateinischen Form* ia *(zweisilbig) haben:* crestian 90. 92. 138. 145. 230.
233. 277. 283. 407 *u. s. w.,* crestiandat 248. 301.
585, *wogegen* crestian 1297, crestiandat 123. 271
in alter Messung. diablc *zweisilbig* 455. 547. 850.
964. 1042. 1177, *dagegen dreisilbig* 399. 449. 1083.
justisiar *wird nur* 57 *dreisilbig gebraucht, sonst viersilbig: vgl.* 131. 207. 250. 319. 875. 925. 1440.
demoniada *wird fünfsilbig verwendet:* 1147. 1452,
ebenso immer liar *zweisilbig, vgl.* 640. 645. 927.

Bei andern Diphthongen mit i *kommt die Verschleifung nicht vor, bei* ie *nur in* pietat *einmal (1401), während* encient *dreisilbige Messung hat (1210). Gar nicht beim* io: *daher* luxurios *(475),* ascension *(602) viersilbig,* passio *(604. 1085) dreisilbig, ebenso* precios *(888).*

Der zweite Punkt, dessen ich erwähnte, betrifft die Verschleifung eines aus- und eines anlautenden Vocales da wo nach provenzalischer Regel Elision nicht statthaft ist. Auch hier geben die vorklassischen Dichtungen schon Belege:

de tota Roma l'emperi aig a mandar. *Boeth. 84.*

e sanctum spiritum qui e bos omes desend *154.*

qui e leis se fia *175.*

zo sun bon omne qui an redems lor peccaz *228.*

Ebenso im Girart von Rossilho:

vos es aparelhatz i a vostres drutz. *1031.*

Aimes s'en es intratz e ilh son restat *1080,*

und öfter. In der späteren Zeit (12. und 13. Jahrhundert) ist diese Verschleifung eben so selten, wie die von ia; *nicht ganz selten brauchen sie die Italiener, die von ihrer einheimischen Poesie die ausgedehnte Anwendung derselben gewöhnt waren. Bertran Carbonel wendet sie an:* a un *Denkm. 9, 2. Häufiger wieder* Gr. del Olivier: *d'aqui enan 26, 13.* savi eyssamen *28, 8.* qui es *48, 12.* qui en *49, 25; sodann im 14. Jahrh. das Gedicht auf Roberts Tod:* mi an *53, 26.* qui auzi *55, 18.* tro aqui *56, 29. Noch häufiger in den Erzeugnissen der Toulousaner:* y arnes

Joyas S. 30. y am *40.* y al *46.* y aqui *61 u. s. w.*
So nun auch die h. Agnes:

as en Sinproni e vos digas *106.*
vos batejh quar m'o aves reqist *620.*
baron yeu o anarai veser *745.*
saphas que veser o anarai *785.*
ni o ausera sol asagar *852.* ˋ
per qu'ieu dic ques o anem veser *876.*
e venes nos o aisa comtar *788.*

Vgl. noch i a *868,* qui a *886. 912,* qui am *907,*
mi a *1101,* aici en *894, und mit 'vollzogener Apo-
cope* a'st == a est *974. Kaum hierher zu rechnen
sind Fälle wie* si aves *228.* si i *545,* si aizo *611,
weil hier Elision eintreten kann; ebenso bei* li *(vgl.
465. 536. 571. 708. 739.) Eine zweifache Verschleifung in* li a ajudat, *was drei Silben im Verse
ausmacht,* 850. *Auch wenn ein elidierbarer Vocal
vorausgeht, kann der vor demselben stehende Vocal
noch verschleift werden: so*

si nullz contra dreh ˊvolia anar *66,*

*wo die beiden letzten Worte nur für drei Silben
zählen. Ebenso verhält es sich bei vollzogener Elision
mit* la so' amor *470,* la si' amor *1378,* la ti' amor *1409.
Auch hierfür lassen sich schon ältere Belege beibringen:
im Girart von Rossilho findet man*

despuis qu' ieu o sabria mal seri' anat *1078.*

In späterer Zeit bei Guiraut del Olivier: discordi' el
Denkmäler 34, 21; im Gedicht auf Robert: Mari' a
56, 27; bei Matfre Ermengau poyri' om *80, 29; in*

den Joyas: sia am *79*, soli' aver *84*, soli' esser *84*,
mi' amor *138*. *Bei sua sogar viel früher*, *vgl.* la
su' avinen *Rayn.* 5, 17, la su' amor 4, 136.

*Es spricht ferner für das 14. Jahrhundert die
häufig vorkommende Verletzung der Nominativregel,
und zwar in beweisenden Reimen, wenn es auch schon
bei den älteren Dichtern nicht an einzelnen Beispielen
fehlt. Eine andere sprachliche Eigenthümlichkeit, die
sich ebenfalls vorzugsweise in den jüngeren Denkmälern
findet, ist die Erweichung des auslautenden* tz *in* s.
*Ich habe Belege aus älteren Dichtern, alle im Reim,
zum Lesebuche 100, 11 gegeben, und füge ihnen hier
weitere hinzu.* as *für* atz *seit der Mitte des 13. Jahrhunderts nicht selten:* bei Raimon Vidal *(Denkm.*
167, 15) las : solas, *ferner im Jaufre* plas : pas 50[b],
: as 50[b], : pas 51[b], veras : digas 109[a], las : ajas 140[b],
vias : pas 142[a], as : demandas 162[a], *bei Guiraud
Riquier* pas : pas *37*, solas : amas 70, 107, *in der
h. Enimia,* fas : pas *Denkm. 236, 14*, mas : jas
252, 18, vas : jas *269, 10, in der Kindheit Jesu*
anatz : remas *283, 15. 293, 31. In der h. Agnes sind
die Formen in* as *die herrschenden, seltener* az *oder* atz,
*aber es steht kein beweisender Reim ihnen zur Seite.
Das mag indess Zufall sein, denn es fehlt nicht an
Reimen, die es für* etz *beweisen:* anes : trames *18.
100. 121*, ves : pres *75,* fes : es *488*, aves : Aines
495, desnembres : mes *621*, volres : res *673*, tormentes : es *1042. Reime in* es *für* etz *sind auch
bei anderen Dichtern begreiflicher Weise häufiger als*

die in as, *so bei Peire Cardenal (Mahn, Ged. 327)*
ves : bes, *bei Paulet von Marseille (Ged. 514)* fes
: pres, *bei Arnaut Catala (Ged.* 987*)* ves, *bei Raimon von Durfort (Herrig 34, 200)* volres : ves
: creires : fares *mit* pres *reimend*, *bei Raimon von
Miraval (LB.* 73, 17*)* fes : tolgues, *bei Guiraut von
Cabreira (Denkm. 91, 22)* saubes : fes. *Ungleich
häufiger bei den späteren Dichtern: bei Bertran Carbonel* ves : es *Denkm. 7. 7. 9. 11. 14. 15. 22*,
ves : cortes *14*, queres : confes *16*, *bei Raimon Vidal
(Denkm. 158)* pretz : engres, *in der h. Enimia
(Denkm. 233)* ves, *240* aves : pres, *265* ves : res,
in der Kindheit Jesu dizes : ades *Denkm. 275. 280.
285*, menares : es *281*, tornes : ges *282*, celes
: ges *284*, mostresses : es *298*, *im Jaufre* ves *49*[b],
feres *52*[a], sabes *57*[a], vezes *60*[b], fes *68*[a]. *75*[b],
les *113*[b] *und andere, bei Guiraut Riquier* fes *37.
38 u. s. w. Für is* = itz *fehlen wiederum die Belege
aus unserem Denkmal, sie sind überhaupt viel seltener:* dis : pais *Mahn, Ged. 948*, : pais *1060*, *im
Jaufre* : perdis *54*[b], dis *121*[b], auzitz : sofris *im
h. Alexius, Lex. Rom. 1, 576*, esperis *Bekker 15. 18*,
defenderis *17. Noch seltener sind die Belege in* us,
nus : plus *bei Peire Cardenal, Mahn, Gedichte 941*,
sus : vengutz *in der Kindheit (Denkm. 288)*, *im
Jaufre* sus : vencutz *124*[b].

*Auch manche Sprachformen bezeugen die jüngere
Zeit: ich rechne dahin die Endung des prät. conj. in
essa für* es, *die allerdings schon in einem sehr alten*

Denkmale (Chrestom. 9, 40) sich findet, dann aber erst wieder ganz spät auftaucht. Unser Denkmal *gewährt* tengesa *54,* fossa *209,* poguessa *1004. 1432,* aguessa *1140, und in der 2. Person* fosas *296. 501, und der Versbau, wenn auch nicht der Reim, verlangt meist diese Form. Dagegen fehlt es auch nicht an Belegen, in denen* es *gefordert wird, wie* tengues *1243,* pogues *1005 u. s. w. Nicht so sicher lässt sich die 2. Person sing. in* es, *wo die Sprache das* e *meist auswirft, als Kennzeichen jüngerer Zeit geltend machen: so* tenes *63,* dises *69. 987,* voles *421. 502. 657,* podes *422,* creses *433, woneben die syncopierten Formen* poz *395. 728,* vols *504,* deus *1082. Auch tut für* tuit, *das durch Reime (:*ajut *61. 244, :* vengut *221, :* salut *316, :* confundut *1307) bezeugt ist, dient nicht dazu die Zeit zu bestimmen. Jene andern Merkmale werden hinreichen, um unser Denkmal dem Anfang des 14. Jahrhunderts zuzuweisen.*

Damit im Einklange steht die Behandlung der Reime. Dieselben sind zwar meistens rein, aber sie verrathen eine grosse Armuth dadurch, dass dieselben Klänge, namentlich as, atz, en, es, er *ungemein häufig wiederkehren, eine Erscheinung, die man auch bei andern Denkmälern jener Zeit wahrnehmen kann. Das Reimgeschlecht ist überwiegend männlich. Die wenigen Ungenauigkeiten die vorkommen sind* putans: leals *81,* tals *(besser* tal*):* dar *185, partir :* vil *528, und was kaum zu rechnen ist* levaz : resucitaz : pecat *629.*

Die Lautbezeichnung der Handschrift zeigt eine Eigenthümlichkeit, die ich besonders hervorhebe, weil sie dazu beitragen kann eine schwebende Frage zu lösen. Die Handschrift setzt im An- und Inlaute nicht selten ih, *wo andere Hss. nur* i *setzen:* so deiha, aiha, cuihar. *Diese Schreibung ist wichtig für die Entscheidung, ob im Inlaute zwischen zwei Vocalen* i *oder* j *zu setzen ist. Mir war von Anfang an nie zweifelhaft, dass* j *das allein richtige ist; die Hs. des Schauspiels liefert willkommene Bestätigung. Sie setzt* ih *da, wo es entschieden consonantisch ist, am Anfang von Worten,* jha 27. 423. 426, jhaz 898, jhagas 1056, jhairai 772, jhorn 821. 865, jhornal 1463, *und so auch im lateinischen* jhactat 709. *Wo* i *vocalisch aufzufassen ist, tritt das* h *nicht hinzu. Nur gegen Ende, auf den letzten Blättern, fehlt der Schreiber ein paarmal dagegen, indem er auch* iheu *(für* ieu, *ich) schreibt (vgl. zu 1339), aber dass er hier ins Irren kam, ergeben die ganz confusen Schreibungen* ieheu, siehu, *die sich auf denselben Blättern vereinzelt finden. Wie im Anlaute, so ist nun auch im Inlaute jene Bezeichnung* ih *verwendet und daher ebenfalls consonantisch aufzufassen. So* dejha 10. 101. 116. 172. 227. 325. 327. 332. 354. 357. 394. 544. 572. 575. 578. 803. 969. 1079. 1329, autrejhar 46. 586. 1037, ajha 281. 339. 605. 1123, majhor 705, majhestat 340, batejhar 572. 611. 1016. 1079. 1091. 1098. 1128. 1273. 1304, cujhar 397. 966. 1310, pujhar 602, jujhar 603, jujhament *847*, rejhas *1266*. *Neben* jh *kommt natürlich das einfache* i *im An- wie im Inlaute vor, so* joja *34*, dejas *135*. *580*, deja *363*, major *383*, batejar *580*. *693*, jujhar *603*, jujhament *847*, aja *1212*, *also fast überall bei denselben Worten, die auch mit* ih *sich geschrieben finden. Diese consonantische Schreibung erweist ausserdem der Wechsel mit* g, *der hier wie in vielen anderen Denkmälern begegnet*: bateges *1195*, vaga *547*, vegas *677*, asagar *852*, augas *919*. *Im Auslaute erscheint nur* i, *nicht* ih, *weil im Auslaute* i *wie* u *ihre vocalische Natur behalten. Wie aber zuweilen* i *im Auslaute sich zu* g *verdichtet, so findet sich dem entsprechend auch einmal* batejh *für* batei *geschrieben (620, vgl.* autreh *1248). Wie dies* jh *auszusprechen sei, ob immer palatal, oder ob nicht auch daneben wie unser deutsches* j, *d. h. consonantisches* i, *verdient nähere Untersuchung. Diese kann aber nur mit Hinzuziehung aller übrigen Denkmäler geführt und soll an anderer Stelle gegeben werden: das Resultat derselben ist, dass in der That eine doppelte Aussprache des provens.* j *angenommen werden muss, einmal wie das ital.* gi *in* gioja, *andererseits wie unser deutsches* j *in demselben Worte, so dass prov.* joja *die beiden Arten der Aussprache in sich vereinigt.*

Erweist sich unser Denkmal hier sprachlich fruchtbar, so gewinnt es auf literarischem Gebiete eine erhöhte Bedeutung durch die in demselben vorkommenden Gesänge. Diese, mit Musiknoten versehen, sind nach

b*

den Melodien von damals bekannten und beliebten pro-
venzalischen Liedern gedichtet. Theils geistliche theils
weltliche Originale benutzte der Dichter: jene lagen
ihm für seinen Zweck näher, diese empfahlen sich
durch die grössere Verbreitung im Volke, zu dessen
Unterhaltung das Spiel bestimmt war. Unter den
geistlichen Liedern ist nur ein uns schon anderweitig
bekanntes: das romancium de sancto Stephano, *des-*
sen Anfang allerdings vom Dichter nicht angeführt
ist, aber die beiden nach der Melodie desselben gedich-
teten Strophen (1420—1427) zeigen, dass das Ori-
ginal der bekannte Planch de sant Esteve *(Chresto-*
mathie 21 ff. P. Meyer in der Revue des sociétés
savantes des départements 1867, S. 296—301) ist,
welcher zu den volksthümlichsten und ältesten Liedern
Südfrankreichs gehört.[1] *Denn ich halte auch jetzt*
noch an dem hohen Alter dieses Liedes fest, wenn-
gleich dasselbe uns nur in jüngeren Quellen aufbewahrt
ist, ein Fall, der bekanntlich in andern Literaturen,
wie in der deutschen des Mittelalters, gar nicht selten
ist. Die Erwähnung in unserem Denkmal beweist die
grosse Popularität des Liedes am Anfange des 14. Jahr-
hunderts. Im 13. also wenigstens muss es entstanden

---

1) Ein noch nicht erwähntes Zeugniss für das Lied
findet sich in Nostradamus Vies des plus celebres et anciens
poetes provensaux S. 17: En l'eglise saint Sauveur d'Aix,
et par tout son diocese, à la feste et jour sainct Estienne
martir, on chante un hymne en nostre langue provensalle
Quand ly felons lou lapidavan *(= Chrestom. 21, 24).*

*sein. Aber wir dürfen weiter zurückgreifen: die
épitres farcies, und einer solchen gehört der planctus
an, entstanden im 10. Jahrhundert und altfranzösisch
ist eine grade auf den h. Stephan schon aus dem Anfang des 12. Jahrhunderts bekannt (G. Paris in Eberts
Jahrbuche 4, 311). Die strophische Form des provenzalischen Liedes ist eine Modification der aus zwei
Reimpaaren bestehenden Strophe, die aus sehr alten
romanischen Denkmälern (Passion) bekannt und wiederum nach den Hymnen gebildet ist. Später legte
man die Melodie des* Veni creator spiritus *unter
(Meyer a. a. O. 298, Anm. 4); dass diese aber von
der des h. Stephan verschieden war, beweist unser
Schauspiel, welches daneben das* Veni creator *benutzte
und beide Melodien enthält. Die ursprüngliche Form
zweier Reimpaare, welche im Stephan durch vierfachen
Reim vertreten ist, findet sich noch ein paar mal.*[1]
*Man kann dahin schon die erste Strophe rechnen,
denn* pas : escoutas (= patz : escoutatz) : vertat : fal-
setat *bilden keinen genauen vierfachen Reim, sondern
zwei Reimpaare. Der zweite noch entscheidendere Fall
ist Chrest. 22, 27 — 30, wo die Ueberlieferung die
Reime* bachallier : lansier : premier : darrier *bietet.
Das sieht wie französischer Einfluss aus, indess auch
dieser würde nicht gegen das Alter des Liedes sprechen,
da derselbe sich schon im Girart von Rossilho und in
einem Theile der Albigenserchronik geltend macht. Aber*

---

1) *Auch der Dichter der h. Agnes wendet in seiner
Nachahmung Reimpaare an.*

die Reime sind gar nicht regelrecht französisch: bachallier *würde* altfranz. bacheler *(nicht -* ier*) lauten, und reimt immer nur auf* er, *nicht* ier; [1] lansier *kann* altfr. lanser *sein, aber* lansier *ist die übliche Form. Genau ist also nur prov. der Reim,* bacalar : lansar, premier : darrier *d. h. zwei Reimpaare. In der nur fragmentarisch erhaltenen épître de S. Jean begegnet ein ähnlicher Fall, wo aber kein zwingender Grund zur Annahme zweier Reimpaare ist: in der zweiten Strophe (Meyer S. 301) reimt* obrara : ha : desempara : ana, *wo die beiden letzten Formen als prät.* (= desemparet : anet) *aufzufassen sind. Auch hieraus ist kein Beweis für das Alter jener andern Epistel, auf die wir hier nicht weiter eingehen, zu ziehen, da schon im Anfange des 13. Jahrhunderts (bei dem einen Dichter der Albigenserchronik) diese Beeinflussung durch das französische sich zeigt. Auch sprachlich erweist sich noch in der jungen Ueberlieferung des Stephan das Alter desselben durch die Beibehaltung der latein. Form* regnum *in der letzten Strophe: wir finden die gleiche Erscheinung in sehr alten romanischen Denkmälern; vgl. auch* crucifixeron 22, 18. *Und endlich ist die ganze einfache schmucklose Darstellung, die an die Art der Passion erinnert und*

---

1) Vgl. bacheler : plorer *Chrestom. 50, 10,* laver : bacelers *53, 20,* aler : bacheler *Chév. au lyon 673. Nur Dichter, die überhaupt* er *und* ier *mischen, und ganz späte, wie der des Baudouin de Sébourg (Chrestom. 383, 33), bedienen sich der Form in* ier.

*weit abliegt von der dürren Trockenheit der Legenden
des 14. Jahrhunderts (Nicodemus, Kindheit Jesu),
hervorzuheben. Der Umstand, dass die von dem Dichter
der h. Agnes benutzten Lieder, so weit wir sie kennen,
einer frühen Periode angehören, spricht ebenfalls dafür,
dass' auch der h. Stephan derselben entstammt.*

*Von einem unbekannten geistlichen Liede führt
das Schauspiel die beiden ersten Verse an (1022):*

Jha non ti quier que mi fasas perdo
d'aquest pecat, seyner, qu'ieu hanc feses.

*Aber es scheint, dass der Text hier lückenhaft ist;
denn wenn die beiden angeführten Verse den Anfang
des Originals bezeichnen, so müssten die Z. 1026—31
die Nachbildung sein: diese aber ist in Reimpaaren
von zehnsilbigen Versen geschrieben, während jene beiden
auf gekreuzte Reime des Originals deuten. Dazu
kommt, dass es 1024, nach jenen beiden Zeilen, heisst*

et facto planctu ponit se juxta lectum in oratione:

die folgenden Verse (1026—31) sind also die oratio,
wie auch der Inhalt ausweist, welche auf den planctus
*folgt. Dieser selbst fehlt demnach, wenn nicht etwa der
Irrthum des Schreibers darin bestand, dass er den Anfang des* planctus *statt des Anfangs des Originalliedes
setzte; denn die beiden angeführten Verse können füg-
lich das Sündenbekenntniss der Heiligen enthalten.*

*Ein anderes geistliches Lied, welches in 1388 bis
1394 nachgeahmt ist, hat den Anfang*

Bel seiner, paire glorios,
cui tot qant es deu obesir.

Es war, wie man aus der Nachbildung sieht,
eine siebenzeilige Strophe in der Reimstellung
$$a\,b \quad a\,b \quad a\,b\,a.$$
Auch diese Strophenform gehört zu den einfachen
und wahrscheinlich einem alten Liede an.

Aber nicht nur provenzalische, auch lateinische
geistliche Originale hat der Dichter benutzt. Das eine
ist das bekannte Veni creator spiritus *(Mone 1, 241),*
das 1042—1045 und 1050—1053 zu zwei Stro-
phen verwendet • ist, einer der populärsten Hymnen
des Mittelalters. Dies lässt schliessen, dass auch das
zweite Original, dessen Anfang 655 citiert ist Si quis
cordis et oculi, *in Südfrankreich ebenfalls sehr ver-*
breitet war; ich habe es in mir zu Gebote stehenden
Sammlungen nicht auffinden können. Seine Form ist,
wie man aus der Nachbildung (656—663) sieht,
eine viel künstlichere als die beiden Reimpaare, aus
denen die Strophe des andern besteht; es sind acht-
silbige Verse in der Reimordnung
$$a\,b \quad a\,b \quad a\,b \quad a\,b,$$
also eine Art Siciliana; vgl. Germania 2, 294.

Zahlreicher als die geistlichen sind die benutzten
weltlichen Lieder. Unter ihnen begegnen uns zwei
bekannte: das eine dem ältesten Troubadour ange-
hörend, das andere von Giraut de Borneil. Z. 1112
singen die von Agnes bekehrten Römer einen planctum
in sonu del comte de Peytieu. *Gemeint ist das von*
Graf Wilhelm IX von Poitou auf einer Pilgerfahrt
gedichtete Lied Pos de chantar m'es pres talens

(Chrestom. 30, 2 — 32, 7). Den Anfang citiert der Dichter allerdings nicht, aber die Vergleichung macht unzweifelhaft, dass nur dieses Lied gemeint sein kann. Die vierzeiligen Strophen des Originals aus achtsilbigen Versen, von denen die drei ersten auf einander reimen, sind durch den Schlussreim, der hindurchgeht, mit einander in Beziehung gesetzt. Dieselbe Einrichtung zeigen die drei Strophen der Nachbildung (1113 bis 1124). Merkwürdig ist die Thatsache, dass ein am Anfange des 12. Jahrhunderts gedichtetes Lied am Anfange des 14. noch eine solche Popularität hatte. Es zeugt für ein tieferes Eingreifen der Kunstdichtung als man es gewöhnlich annimmt.

Von Giraut de Borneil benutzte der Dichter die Alba Reis glorios, verais lums e clarlatz *(Chrestom. 97, 14—99, 5) zu vier in ihrer Melodie gedichteten Strophen (497—518). Die Strophenform ist nur in der ersten Strophe genau beibehalten, in den übrigen haben die dritte und vierte Zeile männliche Reime, die mit den ersten. beiden einen vierfachen Reim bilden, während das Original zwei männliche, dann zwei weibliche hat. Das Durchreimen durch je zwei Strophen ist nicht beibehalten, sondern mit jeder Strophe treten neue Reime ein. Das unterscheidet überhaupt die Nachbildungen unseres Dichters von den früheren, dass man im 12. und 13. Jahrhundert auch die Reimklänge des Originals beibehielt, hier nur die Strophenform und Melodie bewahrt bleibt, was auch in der deutschen Poesie von jeher bloss erforderlich*

*war. Ich habe Beispiele der älteren Nachdichtungen
in der Zeitschrift für deutsches Alterthum 11, 157
und in meinen Denkmälern (Anmerk. zu 9, 16. 14, 2.
20, 1. 24, 15) gegeben. In den meisten gehen allerdings schon im Original die Reime durch alle Strophen, was weder bei dem Liede Guillems, noch bei
dem Girauts der Fall ist. Einzelne Ausdrücke erin-
nern noch an die benutzte Alba, so die Anfangsworte*
Rei glorios *sind beibehalten; vgl. auch zu 510.*

*Ausser den beiden erwähnten Liedern citiert der
Dichter eine Anzahl anderer, die uns verloren gegan-
gen sind. Das eine (520) begann*

El bosc clar ai vist al palais Amfos
a la fenestra de la plus auta tor.

*So habe ich die Lesart des ersten Verses her-
gestellt, die Hs. bietet einen verderbten Vers von
12 Silben, auch die zweite Zeile ist corrumpiert überliefert. Die Strophenform des Liedes war, wie man
aus der Nachahmung sieht (522 — 532), vierzeilig,
aus Zehnsilblern bestehend, auf einen Reim ausgehend,
am Schlusse nach dem Ausdrucke der Leys d'amors
ein* biocx. *Fast genau dieselbe Strophenform haben
altfranzösische volksthümliche Romanzen, so* Bele Doete,
Bele Amelot *und* En un vergier loz une fontenele.
*Die Behandlung der Cäsur in der zweiten Zeile ver-
räth ebenso wie die Strophenform volksthümlichen Charakter; denn es ist nicht die lyrische, sondern die
altepische Cäsur, die bei den Lyrikern nur vereinzelt
vorkommt. Vgl. zu Lesebuch 78, 40; Peire Vidal*

S. LXXIII.[1] *In dem Liede Richards I kommt der Fall viermal vor (LB. 78, 40. 79, 5. 10. 11), ebenso in einem anonymen Liede (Mahn, Gedichte 278), in dem Liede P. Vidals, einem der frühesten des Dichters dreimal, in einer, Strophe Gui's von Cavaillon zweimal und ebenso oft in der Antwortstrophe Bertrams von Avignon (Rayn. 4, 209), endlich in einem Bernart von Ventadorn fälschlich beigelegten Liede (Gedichte 794) sogar zehnmal. Die Strophenformen dieser Lieder haben meist einen volksthümlichen Charakter: bei P. Vidal ist die alte Grundform, gepaarte Reime mit einer dritten Zeile, einer Refränzeile, noch deutlich zu erkennen; die Form des Richardschen Liedes*

---

1) *Ich führe hier noch weitere Beispiele aus der Lyrik an:*

per la comtessa | de Rodes q'es valen *Ged. 1017, 4.*

ma bella dompna | per vos dei esser gais *Herrig 33,309.*

lo danz er vostre | s'enaissim faz languir *ib.*

vezer la bela | de cui molt ai gran fam *Ged. 435, 3.*

ni que jam tueilla | bona vida avols morts *525, 2.*

elh prat s'alegron | ques veston de verdor *595, 1.*

qu' ieu no atenda | si jam sabra merces *596, 5.*

don mi remembra | doussa terr' el pais *688, 1.*

depart son avi | don totz lo mons rassona *Archiv 34, 189.*

na Sansa domna | prec vos que castiatz *34, 196.*

e non penria | q' ieu fos en luoch de rei *34, 433.*

ensi vos plaja | per la vostra merce *Bekker 21, 90.*

e sal la vostra | santisma nacions *25, 9.*

e sal la vostra | veraja castitatz *25, 11.*

regina vergen | domna valens e pros *26, 1,*

und so noch sechsmal in diesen Liedern: 28, 1. 30, 1. 30, 29. 31, 1. 32, 11. 32, 16.

*ist dem hier betrachteten noch verwandter: einreimige
Strophe von fünf (hier vier) Zehnsilblern, mit einer
sechssilbigen Refränzeile am Schluss, wie hier ein
viersilbiger Vers folgt, der im Original wahrscheinlich
auch Refrän war; in gleicher Weise hat der Dichter
den Refrän in Girauts Alba umgewandelt. Und noch
verwandter ist die Strophenform Gui's, die aus acht
Zehnsilblern besteht, die auf einen Reim ausgehen,
und am Schlusse, wie unser Lied, einen viersilbigen
Vers hat. Das anonyme Lied besteht aus achtzeiligen
Strophen von Zehnsilblern, ebenfalls auf einen Reim,
also sehr an die epische Tirade erinnernd; vgl. noch
Archiv 33, 309. 34, 189.*

Der Reim Amfos : tor *würde nicht minder auf
ein volksthümliches Original führen, wenn nicht Grund
wäre an der Lesart* Amfos *zu zweifeln; ich halte das
Wort für verschrieben aus* ausor *oder* aussor : al
palais aussor, *dieselbe Verbindung wie bei Raimon
Ferraut (Chrestom. 331, 17). Das Original war aller
Wahrscheinlichkeit nach eine Alba: eines der Liebenden
ist erwacht und hat den Morgen wahrgenommen. Es
ist nicht gewöhnlich, dass ein Name genannt wird, weil
das zur Entdeckung der geheimen Liebe führen konnte;
auch würde es dann wahrscheinlich* nAmfos *lauten.*

*Ebenso trägt volksthümliches Gepräge die Form
des Liedes, dessen Anfang Z. 626 angeführt ist:*

Bel paires cars, non vos vei res am mi,

*wie ich bessere (s. die Anm.). Es sind je drei zehn-
silbige Verse auf einen Reim zu einer Strophe ver-*

bunden, deren Schluss ein viersilbiger (biocx) bildet.
Diese dreizeilige Form ist in der volksthümlichen Poesie
nicht unbeliebt: sie begegnet in der Romanze von Gaiete
und Oriour (Chrestom. franç. 49), *wo noch ein Refrän*
folgt, *ebenso in der Romanze* An halte tour se siet
belle Yzabel. *Die Situation deutet ebenfalls auf die*
Volksromanze hin: es ist ein verlassenes Mädchen,
welches redend eingeführt wird, sich nach dem Vater
sehnend. Die Cäsur hat hier einmal (633) auch in der
Nachbildung den epischen Fall bei weiblichem Ausgange.

Die dreisilbige Strophenform, aber ohne kürzeren
Vers am Schlusse, also wohl ohne Refrän im Original,
kommt auch Z. 643 vor. Es sind zwölfsilbige Verse:
vom Original citiert der Dichter nur den ersten Halb-
vers Al pe de la montaina. *Dieselbe Melodie, die*
also beliebt gewesen sein muss, ist nochmals Z. 1412
benutzt, *wo der Anfang, wohl fehlerhaft, lautet* Da
pe de la montana. *Auch weicht die danach gebildete*
Strophe (1414—1417) von den beiden früheren
(645—651) insofern ab, als sie hier drei, dort vier
Zeilen umfasst, die paarweise unter einander reimen.
Nach Analogie der übrigen Lieder scheint die drei-
zeilige Form auf éinen Reim die echte zu sein; der
Anfang deutet wieder auf eine Romanze hin.

Ein anderes unbekanntes Lied hat den Anfang (1061)
Vein, aura douza, que vens d'outra la mar.
Die Nachbildung zeigt Strophen aus zehnsilbigen
Versen, deren je vier durch éinen Reim gebunden, als
fünfter folgt ein sechssilbiger, der mit dem Schluss-

verse der nächsten Strophe reimt, im Original wahr-
scheinlich wieder ein Refrän, wie in Richards Liede
eine sechssilbige Refränzeile die Strophe beschliesst:
also abermals eine volksthümliche Form. Die drei
ersten Verse der Nachbildung haben fehlerhaft zwölf
Silben (vgl. Anmerk. zu 1066).

Künstlich dagegen ist der Bau in dem zu 1395
angeführten Liede Lassa, en can grieu pena, *nach*
dessen Melodie die beiden Strophen 1396—1410
gedichtet sind. Aber dieser erste Vers stimmt nicht
vollkommen mit der Nachbildung überein: entweder
fehlt am Schlusse eine Silbe, etwa sui, oder in der
Mitte, in welch letzterem Falle das Original wie die
zweite Strophe der Nachahmung weiblichen Schlussreim
in den drei ersten Zeilen hatte. Die Abweichung im
Reimgeschlechte der Strophen bei dem geistlichen Nach-
ahmer bemerkten wir auch bei der Alba Girauts von
Borneil (S. XXV). Wahrscheinlich ist mir nach dem
Bau der Strophe, dass der Reim wie in der ersten
Strophe der Nachbildung männlich war.

Einmal hat der Dichter unterlassen den Anfangs-
vers des Originals anzugeben. Die Nachbildung (535
bis 558) zeigt wieder eine sehr volksthümliche Form.
Auf ein Lied deutet die theilweise Beifügung von
Musiknoten und die Bezeichnung facit planctum in
eodem sonu *(542). Es sind Zwölfsilbler, deren je*
fünf zu einer Strophe verbunden sind, alle auf einen
Reim ausgehend. Solche einreimige Strophen aus Alexan-
drinern kennt auch sonst die provenzalische Poesie: je

sechs werden zu einer Strophe verbunden vom Dauphin
von Auvergne (Mahn 1, 132), viel häufiger aber sind
acht, und dann wie hier mit stumpfem Ausgange.

In drei anderen Fällen ist wohl nur der Rubricator schuld, dass der Anfang des Originals uns nicht
überliefert ist: bei einer wiederum sehr einfachen Strophenform (947—955), die an das Lied El bosc clar
erinnert: die Strophenform ist dieselbe, vier zehnsilbige
Verse auf éinen Reim, nur fehlt die kürzere Schluss-
zeile. Gleichfalls nicht mitgetheilt ist der Anfang eines
Liedes in sehr kunstvoller Strophenform (796—807), die
aus zwölf Zehnsilblern in folgender Reimordnung besteht:

$$a \ b \ a \ b \ c \ d \ d \ c \ c \ e \ e \ c$$

Die Reime, mit Ausnahme von c, sind männlich.
Eine genau entsprechende Bildung ist mir nicht bekannt;
sie zerlegt sich in zwei Stollen (a b + a b) und einen
Abgesang, der wiederum in zwei gleiche Theile (c d d c
+ c e e c) zerfällt. Gleich gebaut sind, nur dass der
Abgesang bloss halb so gross ist, die Lieder von Bertram
Carbonel (Mahn, Ged. 1077) und von Peire de la Mula
(Archiv 34, 192). Von letzterem lautet die erste Strophe

Ja de razon nom cal metr' en pantais
qan ben vuoill far un sirventes o dos,
qeill ric joven, per cui malvestatz nais,
m' o enseignon, car son cazut d'aut jos,
e no m'en val chastiars ni pregieira,
c'om non los trob ades descomunals:
e qui en cent en trobes dos cabals,
garir pogram si fos d'aital manieira.

Nicht ganz so kunstvoll ist die Form bei dem Liede, welches dem Vater Simpronius in den Mund gelegt ist (939—945): es sind acht- und siebensilbige trochäische Verse in der Reimstellung

a b a b c b c,

wo a und c weibliches Geschlecht haben. Auch hier hat der Rubricator die vorausgehende Notiz auszufüllen unterlassen; es ist aber ebensowenig wie bei den drei vorher erwähnten Liedern zu bezweifeln, dass der Dichter sie nach Melodien älterer Lieder verfasst hat.

In doppelter Weise also bereichert unser Fund die provenzalische Poesie: indem er den Nachweis eines südfranzösischen Dramas im Anfang des vierzehnten Jahrhunderts gibt, und indem er uns einen Blick in verlorene Schätze provenzalischer Lyrik thun lässt, deren Untergang um so mehr zu bedauern ist, als die benutzten Originale, wie sich aus ihrer Form und theilweise auch aus ihrem Inhalt schliessen lässt, der volksthümlichen Poesie angehörten, von der uns nur so kümmerliche Reste erhalten sind. Wir sehen, dass es auch in Südfrankreich Volksromanzen gab, entsprechend jenen nordfranzösischen, die eine der schönsten Zierden der nordfranzösischen Lyrik bilden.

Rostock, im April 1869.

K. B.

Modo dicit filius patri suo quod ipse eset sanatus si aberet amorem virginis.

Sener, es ieu mi levarai
pueh que s'amor aver porai.

5 *Modo recedit prefectus cum tota societate sua ad centrum et ponit se in catedra sua, et quando est clamat Rabat nuncium meretricum ter et ad dictamen ejus Rabat respondit* seiner.

Rabat, anas mi de cors dir
10 as Aines que dejha venir
ades aiza am nos parllar,
e non si timia conseillar
de zo que mos fillz li requer,
sapha ben ques a far lo li. er.

15 *Modo tendit Rabat de . . . currendo per campum et portat . . . . . et sepe et sepius bibere debet, et quando est dicit*

N'Aines, mos seners m'a trames
qu'am lui ades parllar anes
20 e que sias ben consellada
de zo qu'el vos a tant pregada.
e venes en ades am mi,
q'ieu vos mostrarai lo cami.

Modo respondit Aines Rabato iracendo et dixit ei quod
25 *bene ibit, sed nunquam audiet rogatum ejus.*

Amics cars, davant lui irai,
mais jha sun prec non ausirai,
qar le sieus precs non es lials,
anz es a dieu pudenz e fals.

30 *Modo redit Aines cum Rabato et cum amicis suis ad*
prefectum, et dum sunt coram eo, prefectus salutat
virginem et facit puloram faciem et sibi dicit ista verba

Aines domna, ben sias venguda
e de gran joja receupuda.
35 anas vos aissa asetar,
ques ieu vuell ambe vos parllar.

Modo dicit prefectus Agneti quod ipse fecit eam
venire, si aduc abuerat consilium quod filius suus
eset vir ejus.

40 Aines, ieu vos ai demandada
si vos est ancars consellada
que mos filz sia vostre mariz,
ques es nobles e genz noiriz,
ques el vos vol e vos requer
45 plus que null' autra a moiller,
e prec vos que lo li autrejhes
e la vostr' amor li dones.

Modo respondit Aines prefecto dicendo sic

En cenaire, no es de pros
50 ni de nul home poderos
que vulla contra dreh anar,
quar ell o deuria esquivar,

que d'ome poderos seria
que tengesa la drechia via.
55 e si neguns autres fasia
so que contra dreih seria,
el lo deuria fort justisiar
e si premieramenz gardar;
qar le seners si deu. gardar
60 premieramenz de mal afar
es en apres li autre tut:
so es le dreh, si dieus m' ajut.
e qar tu tenes la bailia
dels Romans ni la cenaria,
65 deurias formenz esquivar
si nullz contra dreh volia anar.
mais tu, segun ques a mi par,
volrias premiers lo dreh falsar
e zo que dises q'ieu preses
70 per marit ton fill el volges;
qel dreh diz que nulz deu aver
dos moillers ni las pot tener
nil femna dos mariz aver:
so es escrih en dreh per ver.
75 es ieu ai ti dih autra ves
que lonc temps a q'ai marit pres;
e si ieu per marit prenia
ton fill, so que far non poiria,
sapchas ben ques eu n'auria dos,
80 e pueh tenrias mi ben per pros,
que del derier seria putans

e del premier mollers leals.

mais sapias ben que ieu non farai

cest putage nil cosintrai,

85   anz portarai a mo senor

tostems mais de mon cor honor,

si com bona moller deu far

qe deu fort son marit amar.

Modo prefectus dicit Aineti sic ista verba

90   Ieu conosc ben que li crestian

t'an tota girada a lur man,

car ill sun tut malvais crestian,

t'an tota girada a lur man.

Modo prefectus clamat Rabat ter, et ipse respondit.

95   On iest, Rabat? vai los querer,

vengan tost, que ieu los vull veser.

*Rabat tendit cito et currendo per campum versus
patrem beate Agnetis et dicit*

Senors, mo sener m'a trames

100   q'am lui ades parllar anes

e nous dejhas gaire tarsar,

q'el vol en brieu am vos parlar.

*Modo respondit sibi pater beate Acnetis et dicit ei sic
ut revertatur ad Simpronium.*

105   En Rabat, ar von retornas

as en Sinproni e vos digas

que nos irem am lui parllar

ades ses gran bestenza far.

Modo revertitur Rabat ad Simpronium et dicit ei sic

110   Sener, vostre mandat faih ai,
de qe ai agut mot gran esglai;
mais dison que venran parllar
am vos sens gran bestenza far.

Prefectus dicit Rabato ut tendat petitum Romanos currendo.

115   Ara vai de gran cors dir
als Romans que dejhan venir,
q'ieu ai manz cavalliers trobat
que mantenon crestiandat.

Modo vadit Rabat petitum Romanos currendo.

120   Senors, mo sener m'a trames
q'am lui ades parllar anes,
q'el a manz cavalliers trobat
qe mantenon crestiandat.

Qidam Romanorum respondit sibi

125   En Rabat, e nos la irem
e tot lo sieu plaser farem.

Simpronis salutat Romanos et dicit eis sic

Senors Romans, ben sias vengut;
que na Vestis vos don salut!

130   per zo vos ai faih demandar,
q'ieu volria justisiar
aquesta femna qu'es aici,
e totz sos parenz atresi,
que venran davant nos parllar.

135   e non los dejas rasonar,
si tot sun noble e de linage,
non sufran tan mortal damnage;

qu'il sun crestian, si dieus mi gar,
e volrian nostra lei falsar.

140   per q'ieu consell qe sian cremat
anz qel pobol ajhan girat.

Modo dicit Simpronio quidam Romanus sic
Sener, ar los laisas venir,
e veirem so qe volran dir;

145   e si disop que sian crestian,
fazam los cremar deman.
pero s'il volian blandir
lo nostre dieu es ubesir,
no volgesem gran forza far

150   mais que los laisasem anar.

Sinpronius respondit Romano
Ar il venran es ausirem
e segun lur dih nos farem.

Modo redit consilium suis mi . . . et respondit sibi
155 *tertius et cartus.*

Tertius.
Seyner, ben cresas verament
que tut metrem nostre poder,
quar vostres em certanament;

160   no vos o qual en ren temer.
e pos conselh vos es mestier,
mon sen Peyre per lo plus pros
volem qe parle tot premier,
quar a mays temps que nulz de nos.

165   e so ques ell conseillara

creyres, sener, per vostre grat,
quar sabem be qu'el triara
so que mielz n'er per veritat.

Peyre.

170 Seynors onraz,
pos tant vos plaz
ques ieu dejha premiers parllar
a mon seynor
de gran valor
175 del conseil quel devem donar,
ieu lo diray
mielz q'ieu sabrai
e tot per bon' entencio;
e qer l'un don
180 qu'el m'o perdon
s'ieu ren i dic qe nol sia bo.
sel cenador
de gran valor
per mals parliers s ... am vos:
185 vos est ben tals
quel podes dar
trebayl tan gran qant el a vos.
e conseil ben
non sufras ren
190 qe vos torne a desonor,
que trop sufrir
fay enardir,
per q'om apert en la follor.

Quartus.

195 . . . . . q'autre dieu
per re qe digna . . .
qe qe diga aycel ni chant,
e ma ley ost e seyn . . .
. . ha enver le seyner mieu,
200 may cel qe cresun li Roma,
. . cresas ben qe li enfant
de mon seynor sunt tut fondat.

Modo loquitur quintus et sextus prefecto
En cenaire, vos aves tort,
205 car mon seynor non amas fort.
e sol lo dih poirias comprar,
car lo mandest justisiar.
e com est tant outracuidat
qe volgesses fossa cremat?
210 en l'enperi non a mellor
ni mielz cresent de mon seinor.
en cenador, ieu vos vuel dir
qe vos n'aurias nul bon sufrir.
non dihseses de mon seynor
215 ni de sa gent nulla follor,
q'escot en poirias ben aver
enans que fin sos diz per ver.

*Modo venit pater beate Acnetis cum tota societate sua
et dicit ei cenatori sic*
220 En cenaire, nos em vengut
qar mandest que vengesem tut,

e digas en brieu qe voles,
q'atras volriam tornar ades.

Modo dicit eis Simpronis quod ipse fecit eos venire
225 *ut dicerent veritatem.*

Per zo vos ai faz toz venir
que dejhas ades vertat dir,
si aves cesta tosa enseinada
qu'a lei crestiana amparada;
230 diz quel dieus q'aman li crestia
sus en son regne la metra.
e saphas, segon mon parvent
vos est tut crestian mescresent
es aves nostra lei laisada
235 e la crestiana amparada,
qe cist tosa 'q'aves nuirida
de vos apres aqesta vida,
qar li enfanz de lur parenz
aprenon toz lur nuirimenz.
240 don saphas qe tut per mon grat
en u gran fuc seres cremat.

Pater beate Agnetis respondit ei sic dicendo

En cenaire, si dieus m'ajut,
ben volrias qe fossem mort tut;
245 qar non trobas en cesta terra
mais cavalliers queus fazan gerra,
avias per aizo atrobat
que mantengessem crestiandat.
mais si vos o avias jurat,
250 nos non serem justisiat,

qe nos tenem mielz nostra lei
qe vos non faz, fe que vos dei.

Major frater beate Acnetis audacter dicit Simpronio
' mentimini per rostra '.

255 Ben conoisem que si podias
tot blasme nos allevarias;
e si dises que em crestia,
per la gola mentes de pla.

Minor frater dicit ei sic

260 En cenaire, nos mantenem
mielz la nostra lei que tenem,
qe vos non faz, si vos ajut
le nostre dieus per sa vertut.

Primus consanguineus dicit ei sic

265 En cenaire, si dieus mi gar,
a tort nos voles encolpar,
que nos asoram vostre dieu
si com amic e fisel sieu.

Alter consanguineus dicit Aineti

270 Digas, Aiñes, es es vertat
qe mantengas crestiandat
ni qes asores aquel dieu
que leveron en croz jusieu?

Aines respondit illi consangineo secundo sic dicendo

275 Bel fraire, ben vos dic per ver
q'ieu vuell creire e mantener
lo dieu que temon li crestia,
que aquel, sapchas, mi salvara.

Unus illorum fratrum dicit Acneti sic

280   Com, falsa! e qui t'a ensenada
       ques ajhas nostra lei laisada?
       digas, as tu vist que pregem
       lo dieu dels crestians ni l'onrem?

Modo respondit sancta Aines sic dicendo et plangendo

285   Ben sai ques anc non asorest
       lo fil de dieu ni lo cresest,
       ni non vos en pot encolpar
       le cenaires ni acusar;
       mais ieu volgra ben per vertat

290   qe tostems l'agesses onrat,
       qar quil vol de bon cor amar,
       s'arma non si poira damnar.

Nepos ejus dicit ei sic

       Falsa, per que vols desonrar

295   toz tos parenz ni desfamar?
       que mala fosas tu anhc nada!
       ben sai que tu seras cremada,
       e sapchas ben aizo per ver
       qe a toz canz em er gran plaser,

300   sol nos non fossem encolpat
       qe mantegessem crestiandat.

Qidam Romanus dicit prefecto quod non potest in-
cusare eos de jure.

       En cenaire, segun qem par

305   nols podes per dreh encolpar,
       qe vos podes so vist aver
       qe mot lur es gran desplaser

qar Aines asora aquel dieu
qe leveron en croz jusieu.

310 digas lur qe puscan anar
ves lurs albercs e retornar,
qes ill tenon la nostra lei
si com devon, fe que vos dei.

Modo dicit prefectus patri beate Aicnetis ut recedat
315 *cum tota familia.*

Baron, ara vos n'anas tut,
que na Vestis vos don salut,
ques ieu non trop en vos ancar
per q'ieus faza justisiar.

320 mais veirai si volra pregar
Aines nostre dieu ni onrar.

Modo recedunt omnes isti preter Ainen, et prefectus
roguat ipsam adhuc

Aines, ancar ti vuell pregar
325 que dejhas mon car fill amar
e vullas nostre dieu onrar,
que ti dejha s'amor donar;
quar aquel dieu pregar devem
que nos a dat tot qant avem,

330 ni poiriam viure ni estar
si el non nos volia aidar.
e prec ti que zo dejhas far
anz que ti faza tormentar.

Aines respondit prefecto dicens sic
335 Aizo de mot bon cor farai,
qes aquel dieu asorarai

qe nos a dat lo ben que avem;
ben sai qe aquel onrar devem.

non cresas pas nos ajha dat .
340   lo ben qe avem cil majhestat,
mais cel que de la verge es naz
e per nos en croz fon levaz
e pueh enfern espoliet
es al terz jorn resucitet.
345   aquel, saphas, nos a donat
lo ben que avem de mot bon grat,
es aquel devem asorar
es en faz es en diz ònrar.

Prefectus dicit Aineti quod obediat idole.

350   Ieu vuell que vengas ubesir
nostra diuessa e servir
e que sias en la compaina
de sas verges, que es granz e magna,
e dejhas la aici pregar
355   com veiras a las autras far.

Aines respondit sibi sic

Com senbla q'ieu dejha pregar
una peira ni asorar?
q'ieu non ai volgut ubesir
360   als precs de ton fill ni blandir
per l'amor de Crist mon seinor,
aqel cui ieu cre es asor;
menz sembla qe deja pregar
tas ydolas ni asorar,

365   q'ellas non podon moz sonar
      con lo qi las deu asorar.

Prefectus dicit Agneti
      Saphas, gran meravillas ai
      com podes tenir tan gran plai.

370   tu iest enfas am pauc d'esgar;
      com podes enaici parllar?
      qe tu non iest mais de XIII anz:
      jugar deurias am los enfanz.
      mais non vullas gens mespresar

375   cel dieu qe ti poiria damnar.

Aines respondit sibi sic
      No vuellas tant fort deshonrar
      ma joventut ni mespresar,
      qe l'anz non porta pas la fe:

380   aizo deurias tu saber be.
      qe li enfant fan milz lo plaser
      de lur senor, so deus saber,
      alcuna vez qe li major
      e li portan mot mais d'onor.

385   que tu as mais de LX anz
      es as enfanz petiz e granz,
      es ieu cre mielz cel qe t'a dat
      lo ben qe ti ten fort onrat,
      que tu non fas qes as maiz d'anz

390   q'ieu non ai e de conoisans.
      e tu mi mandas asorar
      idola qe non pot parllar.
      digas li que mi vuella dir

qe ieu la dejha ubesir;

395   qe si li poz far moz sonar,

tostems mais la volrai pregar.

mais ieu vei qe tu cujhas far

so qe non poiras acabar,

qes ieu aqel diable asor

400   ni tos filz ajha la mi'amor.

Modo clamat alta voce prefectus Ainen bis malvaisa
malvaisa.

Una d'aqestas dos faras,

mais a ta gisa i penras,

405   qe vengas nostre dieu onrar

o en aicel bordel intrar,

e seran ti luen li crestian

qe t'an girada a lur man.

pueh seras putans dels ribauz

410   e de toz los autres marpauz;

q'aici promet a nostre dieu

qes a far t'o er malgrat tieu.

es eleh qal mais ti valra,

qe l'una far ti convenra.

415 ***Aines respondit sibi sic***

Si sabias qui le mieus dieus es,

non o dirias, so es ma fes.

mais qar ieu ai ben conogut

de Jhesu Christ sa gran vertut,

420   seguramenz puesc mespresar

los gabs que tu mi voles far.

mais una ren podes saber,

qe jha per tot lo tieu poder
no mi poiras far asorar
425   la tiua ydola ni pregar,
ni jha per lo tieu mandament
non farai negun falliment,
ni ja los tieus gabs temerai,
qe ades l'angel de dieu aurai
430   que venra lo mieu cors gardar,
qe non si pusca oresar,
qe tan solamenz i. dieus es;
mais tu creses que res non es.
aqel mun cors mi gardara
435   es als obs el m'ajudara;
qe le tieus dieus es de metal
o de peira o de coral.
mais sapchas qe li trinitaz
ni li sancta divinitaz
440   e negu metal es pausada,
anz es el cel, qe n'es lausada
per los angels qe am lui son
e per los sanz qe an munt son.
e cresas, quant morta serai,
445   ensems amb elz lo lausarai.
mais tu e tut li tieu semblant
el fuc d'enfern intres cremant,
si non vos laisas de pregar
aqel diable e d'asorar;
450   qe qant le fucs pren escalfar,
lo coure comenza legar.

enaici seras tu legaz
el poz d'enfern es escalfaz,
e seras tostems mais perduz,
455 qar auras los diables cresuz.

Exclamando clamat prefectus et dicit Aineti sic
Ai putan, per qe as blastemat
lo nostre dieu ni deisonrat?
on iest, Rabat?
460 '*In isto loco,*' *respondit*, 'seiner.' *Clamat bis.*
Pren la liar
e sos vestirs a despullar,
e mena la mi al bordell
e fai lo li soz so mantell,
465 e veirem com li ajudara
cell qe diz qe la salvara.

Rabat respondit sibi et dicit
Sener, to mandament farai,
qes inz al bordell la metrai
470 es aurai premiers la so' amor
a s'anta es a sa deisonor.

Modo spoliat eam Rabat per ventrem et non pas *per*
manus, et postea Simpronius clamat ter Saboret.
Saboret, vai cridar qe vengan li marpaut
475 e li luxurios e tut li aul ribaut,
e veiran el bordel Aines qu'a blastemada
nostra sancta diuesa e fortmenz deisonrada,
e poiran lur plaser am lui complir e far,
e veirem sil sieus dieus l'en poira ajudar.

480 *Modo tendit Saboret cum equite preconizatum per campum*

On est, ribaut es esqasa?
venes tost, marpaut e miva,
al bordel e poires aver
Aines a tot vostre plaser,
485 q'ill a nostre dieu blastemat
e vil tengut e deisonrat
per un home qe diz ques es
filz d'aqel dieu qe lo cel fes.
venes en tost e veires o,
490 qe hanc plus bella putans non fo.

*Modo veniunt ribaldi et circumdant eam in postribulo,
et postea mater facit planctum in sonu albe* Rei
glorios verai lums e clardat. *et antequam dicat
planctum, dicit istut romancium*

495   Ai bella filla, ques aves?
certas, no mi semblas Aines.
Rei glorios, sener, per qu 'hanc nasqiei?
morrir volgra lo jorn que t'enfantiei,
bela filla, quar s'anc n'aic alegranza,
500 ar n'ai mil tanz de dol e de pensansa,
qe mala fosas nada.

Bella filla, per que voles damnar
la tiua arma nil cors fas tormentar?
per que non vols nostra diuessa onrar?
505 q'il a poder ben o mal de tu far.
per que iest aici torbada?

Planctum sororis in eodem sonu.

Bela sore, ieu morai de dolor,
qar non vei res qe ti faza socor;
510   per qe ai paor non prenas deisonor
per cesta gent avol e sens valor,
q'a mal iest destinada.

Alia cubula.

Bella sore, eu qal segle tenrai,
515   pueh qe de tu tan fort mi luiniarai?
ben sui certa que mais non ti veirai.
dona mi . i . bais al partir q'en farai.
qe dieus ti don s'ajuda!

Planctum beate Agnetis in sonu

520   El bosc clar ai vist al palais Amfos
a la fenestra de la plus auta tor.

Rei poderos, q'as faz los elemenz,
garda mon cors d'aqestas malas genz,
qe nol puscan tocar, sener plasenz,
525   ni oresar, sias mi bons defendens,
sener leals.

Alia cubula.

Tal dolor ai qel cor mi vol partir,
qar nuda sui afr'aqesta gent vil.
530   per lo mieu grat ades volgra morir,
sol q'el cel fos on ai tot mon desir,
am mon seinor.

2*

Christus dicit arcangelo Michaeli ut tendat visitatum
Ainen, et portat indumentum capillorum

535　　Michel, vai vesitar Aines la mia moller,
　　　dona li aqest vestir q'il lo desira el qer.
　　　e si neguns homs vans la toca ni la fer,
　　　dona li de cest glasi, qes ieu t'en don poder,
　　　e garda qe nulz homs pusca am lui jhaser.

540 *Modo dat ei Christus indumentum et ensem, et dicit*
　　ei quod, si aliquis tangit eam, det ei de gladio. et
　　vadit angelus ad eam et facit planctum in eodem sonu.

　　　Aines, le tieus maritz ti tramet cest vestir,
　　　a mi fah mandament q'ieu ti dejha servir.
545　　e si i a negun home qe ti vulla aunir,
　　　a mi dat aqest glasi am qel dejha auzir,
　　　pueh l'arma el poz d'enfern vaga als diables servir.

Modo dat angelus Aineti indumentum capillorum et
ponit ei in capite, et postea pergit ad postribulum et
550 *dicit meretricibus ut exeant estra. et angeli proiciunt*
pannos ipsarum estra et verrant postribulum et ornant
ipsum et cum aqua benedicta mundant ipsum.

Michel.

　　　Femnas, daqest alberc yches demantenent,
555　　sous manda Jhesu Crist, lo paire omnipotent.
　　　gitas for aqelz draps qe son ore e pudent,
　　　qe intrara za Aines q'es mollers verament
　　　del fill deu, Jhesu Christ, sous dic certanament.

Modo exeunt omnes meretrices de postribulis et pannos
560 *suos proiciunt extra, et angeli aptant ipsum ut supra*

dictum et ipsi cum aspergesme, *et tum Aines intrat
domum illam ligata. Piria dicit aliis ganeis quando
sunt extra scortum, si audiverunt cantus quos fecerunt
ille aves.*

565 Aves ausit los chanz q'an fah aicil aucel,
ni com nos an gitadas dinz de nostre bordel
per la femna qu'es presa, quar non vol asorar
la diuessa na Vestis nil cenador amar?
don cre que le sieus dieus ajha mais de poder
570 qe non a nostra ydola qe nos non pot valer;
per q'ieu dic qe li anem totas ensems pregar
qes en nom del sieu dieu nos dejha batejhar.

Elis meretrix respondit Pirie dicendo sic
Ara lo li anem dir ses gran bestenza far,
575 e qe totas ensems lo li dejham pregar.

*Modo vadunt omnes meretrices ad virginem ut roget
deum quod vellit eis perdonare. dicit Sansa Aineti sic*
Domna, a tu venem, qe tu dejhas pregar
lo dieu que tu asoras, q'el nos vuella ajudar,
580 es en lo sieu sant nom nos dejas batejar,
qe nos no volem plus na Vestis asorar.

*Aines respondit meretricibus quod libenter dabit eis
babtismum, si volunt credere articulos fidei.*
Es ieu vos donarai baptisme de bon grat,
585 si creses los articles que cre li crestiandat.
d'autramenz le baptesmes nous seria autrejhat.

Borgunda meretrix respondit Aineti
Domna, de mot bon grat creirem tot qant diras,
e volrem far e dir tot qant comandaras.

590 *Modo dicit eis Aines quod istud est eis necese.*

   Aizo vos a mestier qe sol un dieu cresas,
cel q'a fah cel e terra; en aqel vos fizas
es en lo sieu car fill Jhesu Crist qe nasquet
del ventre de la verge, qe hanc homs non i toqet,

595   es en aqel sant ventre el volc eser portaz
e per sant esperit fon lainz aspiraz.
e cresas qe per nos fon en la croz levaz,
per nostres grieus pecaz auniz e malmenaz;
pueh intret en enfern e de lainz nos trais:

600   vuella per sa bontat qe lai non tornem mais.
cresas qe al terz jorn el volc resucitar
es a l'asension lai sus el cel pujhar.
e cresas q'el venra los morz els vius jujhar
e la sia passion als mals requastenar.

605   es ajhas en la gleisa de Roma vostra fe,
e tot cant vos dira ames es onres be.
e cresas que li mort ancars recitaran
es al jorn del jusisi en lur carnz tornaran.
aizo sun li article de nostra sancta fe:

610   qi ben non los cresia non seria crestians be.
mais si aizo voles creire pues vos batejharai
es aici com fisels crestians vos recebrai.

Piria respondit Aineti et dicit quod bene credent totum illud quod dixit.

615   Domna, nos cresem ben tot zo que dih aves,
es aici com fisels crestians nos recebes.

Modo accipit Aines unum plenum vas aque benedicte et babtizat eas dicendo sic

> Es ieu e nom de Jhesu Crist
620 vos batejh, quar m'o aves reqist,
> e prec vos qe non desnembres
> con fun dieus per nos en croz mes;
> qe si ben vos en vol nembrar
> pueh nous poires per ren damnar.

625 *Modo tendunt omnes meretrices in medio campi et faciunt planctum omnes simul in sonu* Bel paires cars,
non vos veireis am mi.

Planctus.

> Bell sener dieus, qes en croz fust levaz
630 es al terz jhorn de mort resucitaz,
> tu sias grasiz, qar for em de pecat
> e de follor.

> Sancta Maria, maire del creator,
> prega ton fill per ta sancta douzor
635 q'el nos perdon e nos done s'amor,
> si a lui plai.

Alia.

> Oi verge Aines, quar nos as volgut dar
> sant baptesme e de pecat gitar,
640 pregam Jhesu q'el ti den desliar
> d'aqel torment.

Christus dicit arcangelo Gabrieli ut tendat desligatum
Aines, et facit planctum in sonu Al pe de la montaina *sic dicendo*

645   Gabriel, vai desos ma fila desliar,
        e viest la d'aqest drap, qu'il es nuda anqar,
        pueh torna t'en ves mi e nol vullas parllar.

Gabriel respondit sibi sic dicendo in eodum sonu
        Bell sener, ieu yrai far lo tieu mandament
650   e darai as Agnes cest vestir resplandent,
        pueh tornarai ves tu, bel paire omnipotent.

Modo ponit indumentum Gabriel justa Ainen et non
loquitur sibi, et confestim revertitur ad dominum, et
Aines induit indumentum quod misit ei dominus, et
655 *postea facit planctum in sonu Si qis cordis et oculi.*
        Sener, mili gracias ti rent
        qar non mi voles desnembrar,
        qe nuda era infr'esta gent,
        ar sui vestida d'un drap car.
660   aital senor tan conoisent
        deu hom servir es asorar,
        qes als sieus el non vol fallir
        als obs, anz lur vol ajudar.

Hoc dicto surgit filius prefecti sic dicendo militi-
665 *bus suis*
        Qavalliers, al bordel anem es ausirem
        tot cant li ribaut fan amb Aines escoutem,
        pueh enantem la tut es en faz es en diz,
        es er li maih d'onor qes ieu fos sos mariz.

670 *Primus miles respondit sibi sic dicendo*
    Sener, si dieus m'ajut, fort ben aves parllat,
    anem la e veirem com an lainz obrat,
    e poires far e dir am lui tot cant volres,
    qes illi es en tal luec qe non o veira res.

675 *Modo tendunt ad escortum, et quando sunt iusta escor-*
    tum dicit filius prefecti quibusdam suorum militum sic
    Via lainz, cavalliers, e vegas com esta
    lainz am los ribauz mi saphas dir qe fa,
    e gitas los de for e puh parlas am lui
680   es enanz qe n'iescas lo li fases amdui.

Secundus miles respondit filio prefecti sic dicendo
    Sener, nos creirem ben so ques as comandat,
    e cant serem am lui en serem ben nembrat.

Modo intrant scortum, et quando sunt intus ispectant
685 *hinc et illinc et vident angelum jhacentem juxta eam.*
et cum vident angelum inuit unus alteri et demostrant
angelum cum digitis, qui facit magnam lucem, et
timent et veniunt ad eam flexis genibus sic dicendo.

Miles.

690   Ai verge sant' Aines, vullas nos perdonar,
    que nos sa siam intrat per tu a deisonrar.
Aines respondit eis sic dicendo
    Baron, ieu vos perdon om que vos batejes
    e cresas en cel dieu qu'est angel m'a trames.

695 *Secundus miles dicit Agneti sic quod bene credent*
omnia que deus fecit.
    Domna, e nos creirem tot so que vos dires.

Modo dicit eis Aines ut revertantur.

Baron, ar vos enquer q'en brieu retornases,
700   e donara vos dieus tot qant li requeres.

Modo revertuntur ambo isti milites ad filium prefecti.
dicit ei primus miles

Seiner, nos em vengut, mais nos em fort torbat,
qar am la verge Aines non avem res trobat
705   mais sol l'angel de dieu que fai majhor clardat
que non fai le solelz quant es en son regnat.
don vos fasem saber qu'ancar n'em espautat,
tant es grans li vertuz quel sieus deus li a donat.

Modo jhactat filius prefecti militibus suis quare audent
710 *dicere tantam stulticiam.*

Via, trachors, que dieus vos aunia!
com podes dir tan gran follia?
via la, vos dui, e faz llo li!
si non, mais non tornes ves mi.

715 *Modo tendunt milites taliter sicut inerant primi. Dicit*
eis Aines quid veniunt factum.

Quavallier, digas mi que za venes vos far?
serias sainz intrat qem volgeses ren dar?

Unus illorum militum respondit ei dicendo sic

720   Domna, nos em vengut per tu a deisonrar,
mais dieus vos a trames son angel bon e qar,
que le vostre sant cors non si puesca oresar,
e pregam vos per dieu nos vulas perdonar.

Aynes respondit eis et dabit eis veniam.

725   Baron, ieu vos perdon am que o anes comtar
a vostre mal seinor co mi vol dieus guardar.

Alter miles dicit Aoneti

> Domna, ben poz saber que ben lo li dircm;
> mais si o juravam creʃut non en serem.

730 *Modo revertuntur isti milites ad filium prefecti. dicit*
eis filius prefecti

> Baron, be sias vengut, digas mi qu'aves fah,
> ques ieu o vuell· saber ades tot per trasah.

Quidam illorum militum respondit

735 > Seiner, nos ti direm tot so que vist avem,
> mais cresut non serem, ques aiso ben sabem.
> quant ar fom de lainz, seiner, nos fon semblant
> fossem en un gran fuc amdui lainz cremant,
> quel sieus dieus li a trames un angel que resplant
740 > plus fort qe le solelz qant es en son regnat,
> e ten inz en son poin un glasi mal e fer
> am que la defent fort si com il li requer.

Modo jactat filius prefecti illis militibus qui venerant
de postribulo.

745 > Baron, yeu o anarai veser,
> mais una ren podes saber
> que si aiso no es vertaz
> ques ieu en serai fort iraz
> si que qant tost retornarai
750 > toz per las golas vos pendrai.
> mais sapias qu'ieu irai veser
> si l'angels l'en poira valer.

*Modo vadit filius prefecti ad virginem et intrat scortum
et dicit Acneti sic*

755 Aines, vien ambe mi jhaser,
  ques ieu ti faz aiso saber
  que res non ti poira salvar
  ques ieu non t'o vuell'ades far.
  e non t'en fazas plus pregar,
760 qu'atresi t'o covenria far.

Acnes respondit sibi sic dicendo

  Mesqui, com as tan pauc d'esgar
  q'aiso mi vullas demandar!
  non ves l'angel desobre mi,
765 que mi garda ser e mati
  am son glasi que li a dat
  cel que tot lo mont a format?
  vai fora, ques ieu ti sai dir
  que tu sa poirias ben morir.

770 *Filius prefecti dicit sibi sic ironice*

  Fora, putan? anz ti penrai
  es am tu mal grat tieu jhairai,
  que jha honor non volrai far
  a cel dieu que ti vol gardar.

775 *Modo venit versus lectum et credit ipsam accipere. et
diabolus accipit ipsum ad gulam et stinxit eum, et
cadit in solum, et omnes diaboli veniunt et portant
animam in infernum sibilando. Qintus miles dicit
aliis quod ibit visum.*

780 Qavalier, sapchas qu'ieu irai
  veser de mon senor que fai,

qu'el s'es ueimais trop demoraz.

ieu cre qe la sia colcaz

amb Aines, pueh que tant estai.

785 saphas que veser o anarai.

Sextus miles dicit sibi sic

Ar anas tost, si dieus vos gar,

e venes nos o aisa comtar.

Modo vadit iste miles et invenit dominum suum
790 *mortuum et revertitur ad alios curendo et cla-*
mando sic

Raida, raida, senors, cores,

que mon senor a mort Aines!

Modo curunt omnes milites ad eum et elevant ipsum
795 *et ponunt*

*   *
*

Malvaisa mort, per q'as volgut aucir

nostre seinor sens tota ucaison!

que nos volgram maihs la pena sufrir,

sol qu'el fos sans e visques am rason,

800 que nos serem, so podem segur dire,

tut pres e mort, don er drez e rasos,

quar lo lasem anar sens companos.

ben er rasons c'om nos dejha aucire,

c'om non poria gens comparar ni dire

805 la gran dolor c'auran tut siei parent,

ni l'engosa, sapchas, nil mariment.

qant o sabran, venrem tut a martire.

Modo veniunt Romani qui audiverunt planctum. dicit
unus ex illis Romanis

810 Baron, com estaz tan maritz
ni per que aves faih tan grans critz?
diguas nos per qe aves cridat,
que n'em tut agut eisordat.

Primus miles filii respondit illi Romano et dicit ei sic

815 Seiner, non devem ben plorar
e marir nos es esqintar,
qu'aicil femna a mort mon seinor
que nos tenia toz as onor!
sol quar li demandet s'amor,

820 l'a mort, don avem gran paor
que non prenam grieu jhorn dema,
pueh que sos paires o sabra.

Primus Romanus dicit

Adesa puta fachuriera,

825 qe mala gota al cor la fiera!
es a nos mort nostre seinor,
lo fill de l'onrat cenador.
ieu consel que sia tiracada
e pueh am fuec gresec cremada.

830 *Secundus Romanus dicit*

Sapchas qu'il sap nigraumacia
e l'art que parlla de bausia,
es ambe la art sainta a obrat,
per qe li a so coll pesat.

835 mais ieu dirai ques en fasam:
haut per sa lenga la pendam,

es aqui sia fort tormentada
tro quel lenga si'arancada.

Tercius Romanus dicit

840   Il es Vaudesa, so mi par,
per que non nos vol moz sonar.
mais ieu dirai com o farem:
emfra colobras la metrem
es aura i poinénz grifons
845   e graichanz es esorpions
que la roiran de mal talent.
ieu li don aqest jujhament.

Cartus Romanus dicit

Baron, sapchas qu'ill a obrat
850   am lo diable que li a ajudat.
d'autramenz non o pogra far
ni o ausera sol asagar.
mais ieu vos dirai que farem:
lo cenador aguardarem
855   que venra sai qant o sabra,
e farem so ques ell dira.

Qintus Romanus

Certas, bon es que l'aguardem,
e so qu'el dira nos farem.
860   mais il pot ben segur' estar
qu'en brieu la farem tormentar.

Sinpronius dicit suis militibus sic

Cavalier, vos aves ausit
lo bruh ques an faih ni lo crit

865 uei lo jhorn lai en la ciptat:
     ieu cre qu'il si sian batalat.
     anem la e veirem ques es,
     ben leu n'i a de mortz e de pres,
     q'ill an fah uei tan gran cridor
870 mesclamenz, so mi par, am plor.

Secxtus miles respondit sibi

     Seiner, ben avem escoutat,
     qar auran uei tan fort cridat
     qu'ill gabavan, seguon quem par.
875 non sai cui deu justisiar;
     per qu'ieu dic ques o anem veser
     e sapiam qu'es agut per ver.

Simpronius dicit suis militibus quod ipse vult cire
pro certo.

880 Ara vias, sapchas per trasah,
     qu'ieu volrai saber ques an fah.

Modo incipit ire versus Romanos, et Romani vident
ipsum venire. dicit unus ex Romanis militibus mortui
stantibus justa mortuum

885 .Cavallier, anas sus, ve vos lo cenador
     que ven aisa veser qui a fah uei la cridor.
     anas vos enves lui e celas li la mort
     de son precios fill e donas l'en conort.

Modo tendunt omnes milites filii ad Simpronium. dicit
890 *eis cenator sic et salutat eos*

     Cavalier, ben sias vengut:
     com venes vos autri trastut?

diguas mi, on aves laisat
mon fill, q'aici en semblas irat?

895 *Primus miles filii respondit sibi sic*

Seiner, el es el bordell lai
amb Aines alegres e guai,
que jhaz en un bel lieh per ver
am lui a lot lo sieu plaser.

900 *Prefectus dicit illis militibus filii sui quare venerint*
omnes simul et non remansit aliquis cum eo.

Ar digas, com l'aves laisat
qu'aici vos n'est tut retornat?
non degras am lui remanir
905 tro ques el s'en volgues venir?

Secundus miles.

Seiner, qui am femna vol jhaser
non deu null compaino aver,
anz deu om estar en privat
910 que sia plus rescos e celat.

Prefectus.

Ar mi diguas qui a fah lo plor
uei lo jhorn sai ni la rumor?
sapchas ques ieu o vull saber,
915 e diguas m'en ades lo ver.

Tertius miles.

Li Roman si son trebaillat,
seiner, per qu'an tan fort cridat.
augas o, si non nos creses,
920 com an antr'elz cridat ades.

Prefectus.

Roman, per qu'aves tant cridat,
c'uei n'em agut tut cisordat,
es aves volgut tan parlar.

925   non sai cui deu justisiar.
diguas m'o, qu'ieu o enquerai
els colpaus fortment liarai.

Quidam Romanus.

Seiner, ieu ti dirai vertat;
930   non sai ques en valges celat.
li putans qu'es en cel bordell
a mort ton fill amb un coutell.
per que an siei cavallier plorat
e nos autri li avem guabat.

935   *Secundus Romanus.*

Vel t'aqui mort, don em irat
si que tut nos n'em uei plorat.

Prefectus.

Ai que fara le pecaires
940   pos sos bons cars filz es mortz!
ieu non cre que mais cenaires
preses tan gran desconort
com ieu faz en aquest dia
e mon car fill ques es morz.
945   per mon grat ades moria.

Mater.

Ai marida, que poirai devenir
pos perdut ai mon fill! com no m'esguir!

ai mort, on iest? per que nom vens auzir
per lo mieu grat ades volgra morir.

Soror.

Ai que farai, fraire, vostra seror,
pos perdut ai la vostra bon'amor!
pos nous veirai, ieu morai de dolor,
am dol vieurai tostemps mais es am plor.

Prefectus.

Ai puta, per qu'as mon fill mort
a gran falsea es a gran tort?
qu'el non t'avia ren forfah.
per que nos as auniz tan lag?

Agnes.

Sapchas, qu'ieu non ai ton fill mort,
anz acel qu'el cresia tan fort,
so es le diables qu'el cresia,
qu'a pres l'arma si co la sia,
quar el cujhava aver m'amor
malgrat del mieu onrat seinor
que m'a trames son angel clar
que dejha lo mieu cors guardar.
que si el si fos a dieu tornaz,
el fora de mort escapaz
si com feron siei cavalier
que sa intreron messagier,
que volgron a'st angel portar
honor el volgron asorar.

3*

e tut cil que sa son intrat,
ques eran malaut de pecat,
s'en son san e viu retornat,
quar an a dieu honor portat.
980 e car tos filz non volc honrar
l'angel nil volc honor portar,
anz mi volc penre e deisonrar
malgrat d'est angel e forzar,
per qu'el l'a mort, don rasons es
985 quar d'enaici l'en es enpres.

Prefectus dicit Agneti sic

Aines, tu dises ques a mort
aquel angels mon fil sens tort,
quar non li volc onor portar,
990 anz volc lo tieu dieu blastemar.
e pueh qu'el a tant de poder
que puesca noser e valer,
pregua li qu'el den recitar
mon fill c'a mort per tu guardar.
995 e sil pot recitar de mort,
nos penrem tut quant em conort
si quel tieu dieu volrem onrar
e tostemps mais creire es amar
si com bon dieu e bon seinor,
1000 si nos volia far tant d'onor.

Acnes dicit prefecto quod non abet firmam fidem.

En cenaire, ieu conosc be
que vos non aves ferma fe,

que per ren qu'ieu poguessa far
1005 tos filz pogues resucitar.
mais per tal que tota aqist genz
fos en Jhesu Christ conoisenz,
ques il vesian resucitar
ben leu volrian dieu asorar,
1010 moves vos tut quant est d'aqui
e lunas vos fort tut de mi,
e preguarai al mieu seinor
quez el per sa sancta douzor
lo den de mort resucitar
1015 es a toz eixemple donar,
que tut ades vos batejhes
e las vostras armas salves.

Modo recedunt omnes et tendunt seorsum in medio
campi. et postea Agnes tendit ad lectum mortui, respicit
1020 *ipsum et tangit ei faciem et manus, et postea facit*
planctum in sonu

Jha non ti quier que mi fasas perdo
d'aquest pecat, seyner, qu'ieu hanc feses.

et facto planctu ponit se justa lectum in oratione
1025 *flexis genibus.*

Ai fil de dieu, ques en croz fust levaz
es al terz jhorn de mort resucitaz,
per ta doucor vueillas resucitar
aquest home es a ta part tornar
1030 per tal que tut aquist puescan venir
al tieu regne es a tu convertir.

Modo dicit Christus arcangelo Rafaeli ut tendat reci-
tatum.

1035

Rafel, vai recitar lo fil de cenador
e trai s'arma d'enfern que sufre gran dolor,
qu'Aines per cui es mortz m'a de bon cor preguat
que li done cest don, es ai lo li autrejhat.

Modo vadit angelus in infernum et invenit animam
in co dam cacobo ferventi, quem flagellant diaboli.
1040 *et angelus facit planctum in sonu Veni creator*
spiritus.

Diable, guaras non tormentes
cest' arma que tout' a vos es,
que dieus vol que sia recitaz
1045 lo cors d'est' arma e sanaz.

Modo fugiunt diaboli sibilando et angelus extrait ani-
mam de cacobo et portat ipsam ad corpus mortuum
et ponit animam in corpore et recitat ipsum. postea
dicit angelus Agneti in eodem sonu

1050

Aines, vai sus, que tenduz es
le tieus precs davant dieu e pres,
e fai aquest homen parlar,
que dieus l'a volgut recitar.

Modo recedit angelus et Aignes surgit dicens

1055

Apodicxes, vai sus per lo poder de dieu,
non jhagas plus aqui, qu'aici t'o comant ieu,
e vai grasir a dieu que t'a fah gran onor,
que t'a trah dinz d'enfern hon sufrias gran dolor.

Modo surgit Apodixes respiciendo celum et terram, et
1060 *porrigit manus versus deum et proicit se in terram in*
cruce, et postea surgit et facit planctum in sonu Vein,
aura douza, que vens d'outra la mar.

Solamenz us dieus es que pot ben e mal far,
cel qu'a fah cel e terra el fuec, sapchas, el mar,
1065 so es le dieus que volun li crestian asorar,
que m'a volgut del poz d'enfern gitar
on sufria gran dolor.

A sant' Aines grasisc mon resitar,
quar per son prec m'a volgut dieus gitar
1070 del poz d'enfern on non vuel maih tornar,
anz vuel am lui lo fill de dieu lausar
per gasainar s'amor.

Modo venit filius prefecti ad virginem et proicit se in
terram in cruce ante ipsam. postea surgit dicens
1075 Ai verge sant' Aines, domna, per ta bontat
so qu'ai faillit ves tu mi sia perdonat,
ques am lo tieu sant prec m'as dinz d'enfern gitat.
so qu'ai pecat ves tu nom sia recastenat,
mais prec ti, si ti plai, quem dejhas batejhar,
1080 q'ieu vuel daierenant Jhesu Christ asorar.
Aines dicit sic
Amics, ben deus temer Jhesu Christ e lausar,
quar ell de manz diables t'a volgut escapar.
mais darai ti baptisme pues que demandas lo,
1085 e nembre ti de dieu com sufri passio.

Modo venit cenator cum tota familia sua ad virginem dicens

Sancta verge de dieu, vullas mi perdonar
quar ieu a gran. pecat t'ai facha tormentar,
q'ieu conosc quel tieus dieus'a tot lo munt creat
1090   en so ques a mon fil de mort resucitat.
e requer ti per toz que nos denz batejhar,
que nos volem trastut Jhesu Christ asorar.

Aines respondit sibi sic dicendo

En cenaire, es ieu de bon cor vos perdon,
1095   e deves fort grasir a cel qu'es sus el tron,
quar vos mostra la via de vostra gran salut
eus mou de vostra secta en que sias tut perdut.
e quar m'aves requist queus dejha batejhar
as onor de Jhesu ques a fah cel e mar,
1100   vos darai sant baptisme e nom del mieu seinor,
e grasisc li mil ves quar mi a dat tant d'onor
que per la mia paraula vos vulas convertir
e far lo mandament del mieu seinor e dir.

Pausa et ponit manum in capite.

1105   Ara clinas los caps, que baptisme vos don,
e sias ves Jhesu Christ trastut fisel e bon,
e sapchas que dieus volc per nos esser levaz
en la croz per delir nostres mortals pecaz.
baron, ar anas sus, que trastut est mundat,
1110   de tot quant hanc pequest est de dieu perdonat.

*Modo surgunt omnes et tendunt in medio campi et faciunt
omnes simul planctum in sonu* del comte de Peytieu.

Bel seiner dieus, tu sias grasiz
quar nos as ves tu convertiz,

1115 que nos siam trastut periz.
grasiz sias de nostra salut.

Seiner, ques en croz fust levaz
e morz per nostres grieus pecaz,
mil vez, seiner, en sias lausaz,
1120 quar nos as mostrat ta vertut.

Seiner dieus, nostri grieu pecat
non nos sian recastenat,
maih ajhas de nos pietat
pueh ques a tu nos em rendut.

1125 *Facto planctu veniunt Romani ad cenatorem. dicit unus
ex illis, et angelus dicit Cilete.*

En cenaire, per queus es reneguaz
ves los crestians ni vos es batejhaz?
ben par que folz es es an pauc de sen,
1130 e dic vos ben qu'ades demantenen
per lo mieu grat vos farem toz cremar,
qar nostra lei aves volgut laisar.

Cenator respondit illis Romanis sic dicendo

Seinors Romans, nos avem ben rason
1135 que nos amem cel ques es sus el tron,
qu'el a de mort mon fil resucitat,
per que nos em tut quanz em batejhat;
q'ieu conosc ben qu'el a lo munt creat
e per lui em tut nos autri format.
1140 e s'ieu enanz aguessa conegut
de Jhesu Christ la sia gran vertut,

saphas per cert qu'ieu agra reneguat
aicel diable e Jhesu Christ lausat.

Unus illorum Romanorum clamat alta voce dicendo sic

1145 Adesa malvaisa putan,
cum los a giraz a sa man!
sapchas qu'il es demoniada,
per qu'a aquesta gent torbada,
e sapchas ques on mais viuria
1150 per cert maih d'anta nos faria.
per que nos vos volem pregar,
dan cenador, e rasonar
que la fasas ades cremar
anz que plus de mal puesca far;
1155 que si il guaire sa vivia,
sapchas que toz nos confundria
com ques illi vos a fah dir
quel sieu dieu voles ubesir.
ben senbla que tost giraria
1160 nos autres, e far o poiria,
pueh que vos a aici torbat.
faiz donsx so queus avem preguat.

Cenator respondit eis sic

Baron, d'aiso sapchas per ver
1165 ques ieu non vuel aver poder
per que Aines sia justisiada
ni a negun torment menada,
que s'ieu li agues a donar
los tormenz que li ai fah far,

1170 per cert non l'agra tormentada,
anz l'agra de tot mal guardada;
que si vos autri conoisias
lo fil de dieu, non o dirias
ques ieu aco meseh disia,
1175 quar Jhesu Christ non conoisia.
ques el a tot lo munt creat;
per qu'ai aicel diable laissat,
que sapchas qu'el non a poder
que puesca nozer ni valer,
1180 enans tut sill que lo creiran
ins en lo pos d'enfern iran.
e si o voles entervar,
mos fills vos o sabra comtar,
qu'era mortz, pueis es ressitatz
1185 e per lo prec d'Aines tornatz,
ques a mort en infern estat,
car non avia Crist adorat.

Modo filius prefecti loquitur illis
Seinnors, ben vos a dig vertat
1190 mos seinners, que mort ai estat
ins en infern, car avia tant servida
· cel' ydola e sant' Aines aunida.
don sapchas ben per cert que qui creira
aicel dyable en infern boillira.
1195 · per qu'ieu vos prec, seinnors, queus bateges
e en Jhesu trastut vos confizes,
que si creses el vos dara s'amor
eus gardara de pena e de dolor.

si non o faz, en enfern bulleres,

1200   e sapchas ben que mays non n'iseres.

don ieu vos prec qu'anes a sancta Aynes

e preges li que babtisme vos des.

Quidam illorum Romanorum loquitur aliis

Aves ausit la gran error

1205   qu'a dig le fills del cenador?

s'a diz ques Aynes l'a gitat

d'enfern on avia tant estat.

mesquins!

Pausa.

1210   con aves tan pauc d'encient

que cressas ta meschinament

que cresas que l'aja gitat

Aynes d'enfern ni de mort recitat.

mays ieus diray ques es agut:

1215   nos nos cresiam ben trastut

ques aicilh femna mort l'agues;

mas sapchas ben c'anc non fon res,

ans l'avia tant fort adormit

e de sas malas artz guarnit

1220   que nos creziam que fos mortz et aunitz,

tant era fort per las artz adormitz.

e domens qu'el dormia tant fort

pantaizava qu'el era mort.

quant reissidet e le pantais fon fatz,

1225   semblant li fon fos de mort recitatz.

es enaici sapchas ques agut es;

mas que fos mortz per cert non fon anc res,

que si fos mortz mais non fora tornatz:
per que sapias que non es recitaz.

1230 *Alter Romanus loquitur aliis*

Aici com en Bonfils dig ha,
sapchas que es vertatz de pla.
mas pueis que vos est tan torbatz,
dan cenaire, que vos sias renegatz .
1235 e non volias la femna tormentar
car vos a fag a la sia lei tornar,
volem que vos desampares .
vostre poder el nos laisses,
e metrem hi tal que nos mantenra
1240 la nostra lei es Aines cremara.

Cenator dixit sic Romanis

Baron, sapchas ben ques en cor avia
que non tengues plus vostri cenaria.
demantenent aici laus desampar,
1245 ques ieu non vuell encontra Christ anar.
e quar nAspains es savis homs e pros
e tain li ben que sia poderos,
aici li autreh el don la cenaria
el desampar lo poder qu'ieu tenia,
1250 e que trastut vos Roman autrejhes
es enaici com cenador l'onres.

Romanus loquitur erga Aspasium

E nos aici l'elegem per seinor,
per cenador e per bon regidor,

1255   e que tengua de Roma lo poder,
        e qu'en faza a tot lo sieu plaser.

Aspasius respondit sic eis

        Seinnors, sapchas ques ieu ja non penria
        tan gran poder ni lo mi carguaria,
1260   que motz s'en a a cui mielz taineria,
        es as aquelz donas la cenaria,
        qu'a mi per cert non tain tan gran poder,
        q'ieu nol sabria regir ni mantener.

Adhuc roguat eum quidam Romanus sic

1265   Nos pregam, seiner, que tenguas
        nostre poder e quel rejhas,
        que nul comte volem aver
        de vos tant con aures poder;
        que si vos aiso non prenias,
1270   formenz nos deisaresarias,
        qu'aicil femna nos confundria
        e la nostra lei falsaria;
        que vos sabes ques ill a batejhat
        aquesta gent, don em fort tut irat.
1275   e si ill guaire sa vivia,
        tot lo pobol ill confundria.
        don preguam quel poder prenas
        e qu'ades cremar la fasas.

Aspasius dixit Romanis sic

1280   Seynnors, pueh que tant mi voles
        per cenador e mi queres,

la vostra voluntat farai
els vostres drez vos salvarai.

Modo recedit Simpronius cum tota familia sua et tendit
1285 *in castellum suum. et Romani acendunt Aspasium
cenatorem in catedra et tibicinatores tubicinant et angeli
dicunt Cilete. et postea venit quidam Romanus et dicit
sic Aspasio*

NAspain seiner, que ben astruc vos sia
1290 vostre poders e vostri cenaria.
e dieus vos meta en quor que fizelmenz tenguas
la nostra sancta lei e fort la defendas.

Aspasius cenator dixit sic

Baron, aico podes saber
1295 q'ieu volrai creire e mantener
la vostra lei e fort la defendrai,
e si trop crestians, toz cremar los farai.

Qidam Romanus dixit sic Aspasio

Seiner, ieu vos enseynnarai
1300 crestiana e vos trobarai,
que nos a fah mayh de damnage
qu'anc non pres tant nostre linnage.
co es aicil putans Aines
ques a fah batejhar ades
1305 lo cenador ques era davant nos
e tota la sia gent qu'era valenz e pros.
per que, seyner, vos pregam tut,
enanz que siam confundut,

que la fazas ades cremar,

1310   qu'il nos cujha trastoz damnar.

*Modo dicit Aspasius duobus illorum Romanorum ut
tendant ipsam quesitum.*

Baron, ar la m'anas querer,

ques ieu volrai de lui saber

1315   si volra nostre dieu preguar;

si non, ieu la farai cremar.

*Modo vadunt ipsam quesitum isti duo. dicit unus ex
illis duobus*

Aines, le ccnaires novelz,

1320   le plus savis e le plus belz

qu'el mont sia, vol ques anes

davant luî e nous en tarses.

Aines respondit eis sic dicendo

Belz senors, am vos la irai

1325   e so qu'el dira ausirai.

*Modo vadunt ad cenatorem. Cenator dixit Agneti sic,
et tubant, et angeli dicunt Cilete.*

Femna, ieu t'ai facha venir

que dejhas nostre dieu servir

1330   els fals crestians dejhas desamparar

que t'an facha tan longamenz torbar.

si non o fas, ieu ti farai cremar

e jhal crestian non t'en poiran aidar.

Aines respondit sic Aspasio

1335   NAspani, sapchas non crerai

vostre conseyl ni lo ferai,

ques ieu aicel diable asor
ni desampar mon bon seynnor;
anz aitant com ieu jha viurai
1340   lo fil de dieu asorarai,
e per s'amor volrai sufrir
tot quant mi volras far ni dir.

Aspasius dicit aliis Romanis ut tendant quesitum spinas
et spolient eam.

1345   Baron, or la mi despullas
es as un pal fort l'estacas,
e que tut ades acampes
espinas am que la cremes.
e comant vos qu'ades sia fah,
1350   qe ieu vuel muera per trasah.

Modo tendunt omnes Romani ad spinas et circumdant
eam spinis et spoliant eam et liguant eam ad palum,
et postea ponunt ignem in spinis, et quatuor angeli
veniunt et defendunt eam ab igne et proiciunt ignem
1355 *super Romanos, et omnes fugiunt versus cenatorem.*
tamen remanent quatuor in campo semimortui. et stinto
igne surgit quartus ex istis quatuor dicenz, et ante
tube sonuerint et angeli dixerunt Cilete.

  Baron, aves vist la vertut
1360   ques a fah dieus per la salut
d'Aines qu'am pauc non em cremat
don em ancar tut espautat.

per cert ueimays non preguarai
na Vestis ni l'asorarai,
1365   anz volrai lo dieu asorar
que vol Aines tan fort guardar.

Modo surgunt alii tres. dicit unus ex illis sic

Seynors, anem nos rasonar
a sant' Aines e descolpar,
1370   e queram li trastut perdon,
e que prec lo seynor del tron
ques el nos don tals obras far
per que nos nos puscam salvar.

Modo vadunt omnes quatuor ad virginem. dicit quartus

1375   Sant' Aynes, vuellas perdonar
a nos quar ti voliam cremar,
e pregua lo tieu bon seynor
qu'el nos den donar la si' amor.

Aines respondit eis sic dicendo

1380   Baron, de bon cor vos perdon
e prec vos sias fisel e bon
ves Jhesu Christ, e sil voles onrar,
pueh neguns homs non vos poira mal far.

Modo vadunt in medio campi et faciunt planctum
1385 *in sonu*

Bel seiner, paire glorios,
cui tot qant es deu obesir.

Seyner dieus, qu'en croz fust levaz
ni suffrist per nos passion,

1390 de nos sias grasiz e lausatz,
quar nos as donat tan gran don
que de pecatz nos a mundatz
Aynes qu'es en ta orason
e pregua per totz los damnatz.

1395 *Planctum Agnetis in sonu* Lasa, en can grieu pena.

Seyner, quel mont as creat
es home de brac format,
dona mi per ta bontat
ueimais fi,
1400 e mos tortz perdona mi,
qu'a tu, seyner de pietat,
rent m'arma de mot bon grat.

Alia.

Ueimays venc ves tu, bel paire,
1405 quar seyner, fisel creaire,
recip mi en ton repaire
q'ieu desir,
qu'ieu vuel recebre martir
per guasanar la ti' amor
1410 e sufrir pena e dolor.

Christus dicit arcangelo Rapheli ut tendat confortatum filiam suam Agnen, et facit planctum in sonu Da pe de la montana.

Raphel, vai conortar la mia filla Aines,
1415 diguas li da part mi que de sa fin es pres,

4 *

e vengua s'en ueymays, qu'il a ben guasaynada
corona sus el cel que li es aparellada.

Angelus vadit ad eam dicens et facit planctum in sonu
illius romancii de sancto Stephano.

1420   Filla de dieu, ben as obrat,
que corona as guasaynat :
so ti manda le filz de dieu
que venguas ueymayh el nom sieu.

Car as volgut honor portar
1425   a cel que volc lo mont crear,
recebras tostemps maih honor
e guauh sens pen' e sens dolor.   ʾ

Unus ex Romanis dicit Aspasio sic
NAspani, seyner, que farem
1430   ni qual conseyl aver poirem
d'aquesta femna blastemada
que mala poguesa esser nada?
que nos non la podem cremar
ni a negun torment menar.
1435   sapchas qu'eu sui vers desenaz
quar nos a trastoz enaptatz.

Aspasius cenator dixit alliis Romanis sic
Ar non vos dones pensament
ni estes consirosament,
1440   q'ieu la farai justisiar
e malgrat del sieu dieu cremar.
e venes en, qu'ieu la irai
e toz premiers lo fuec metrai,

es enanz qu'ieu mova d'aqui
1445 sera morta, si dieu mi gui.

Modo tendunt ad locum ubi est ligata Agnes, et quando
sunt hic dicit cenator Aspasius

Baron, ar via tut acampar
leyna en que dejha cremar,
1450 que jhamays d'aici non partria
si cremada non la vesia,
esta putan demoniada,
qu'il s'a fah trop longua durada.

Stincto igne vadit unus ex Romanis ad virginem et
1455 *videt si est mortua, et cocnocit quod mortua est et*
revertitur ad Aspasium dicens

Seyner, segur podes estar
ques ueimayh non faza torbar
li putans lo pobol nessi,
1460 qu'il es morta, si dieus mi gui.

Aspasius dicit aliis Romanis sic

Si na Vestis mi guart de mal,
non fesem mayh tan bon jhornal.
e partam nos ueymayh d'aci,
1465 e mangaran lo corps aqui.

Modo recedunt omnes Romani in castellum suum, et
postea veniunt angeli, et quatuor sunt justa corpus
virginis. dicunt istam antiphonam

Veni, sponsa Christi, accipe coronam quam tibi
1470 deus preparavit in eternum.

Et postea flectit se quartus ex angelis et accipit ani-
mam et defert ipsam ante deum cantando istam anti-
phonam

1475   *Hec est virguo sapiens et una de numero pru-*
dencium.

ANMERKUNGEN.

4 porai, *sonst* poirai, *doch steht auch* poria *804, wie* crerai *für* creirai. *Vgl. Chrestom. 297, 27.*

6 *nach* est *erwartet man ein* ibi *oder* hic *(vgl. 1447), aber auch 17 ist dieses ausgelassen. Vgl. 563. 675. 684.*

7 dictamen ejus] dc͛ íā̆niē̄ ..; *die Lesung ist nicht sicher, das von mir gesetzte entspricht den Schriftzügen noch am meisten.*

11 ā̆ nos: *ich habe den Strich im* m *aufgelöst, wenn die gewöhnliche provenzalische Form* m *erfordert, also* cō *in* com *u. s. w., wiewohl die Hs. in diesen Fällen ebenso oft* con *und ähnliches schreibt.*

12 si timia, *sie scheue sich nicht, trage kein Bedenken.* timia *schliesst sich enger an die latein. Form* timeat *an als das gewöhnliche* tema.

15 de *ist unsicher; in der folgenden Zeile ist nach* portat *noch ein unsicheres* ne *zu lesen, vor* et sepe *vielleicht ein* hic.

17 *über* dicit *steht* coraca.

22 a mi, *für* ā̆ mi; *vgl. 11.*

25 unquam: *auch dies wohl aus Nichtbeachtung der Abkürzung* (nū̆quam) *zu erklären.*

29 es *fehlt.*   31. sunt coram] sū̆oroı, *unsicher.*

34 rece^npuda.   35. ailla. aiza *stand 11.* aisa *788. 886. Diese Form des localen Adverbiums 'hier, hierher' war bis jetzt nicht belegt.*

36 uulle; *vgl. 324.*   40. demanda.

41 ancars, *noch 607. So gewöhnlich auch die Form*
ancar (:justisiar *318,* :desliar *646) und verlängert*
ancaras *ist, so kommt die auf s auslautende ohne*
a *sonst doch nicht vor.*

43 que ses; *ebenso* que sel *44,* e saues *234. 318,* que
sas *389. 682, und so häufig das zur Vermeidung
des Hiatus dienende* s *(früher* z = d*) von* ques *zum
folgenden Worte gezogen. Die Worttrennung überhaupt ist sehr oft eine fehlerhafte.*

45 a *fehlt.* 49. Encenare. cenaire *für* senaire,
im Nomin. meist cenaires *(288. 941), die regelrecht
gebräuchliche provenzalische Form von* senator.
Bisher war nur das oblique senador *(Lex. 5, 201)
nachgewiesen. Jene Bildung zeigt, dass das Wort
und der Begriff in Südfrankreich frühe populär
war. Das davon abgeleitete* cenaria, *Senatorenamt,
steht 64. 1248. 1261. 1290. Der lateinische Text
nennt den Vater nur* praefectus urbis *oder einfach*
praefectus, *welcher Ausdruck im Latein des Stückes
beibehalten ist:* senaire *ist also die provenz. Ueber-
setzung davon.*

56 *um eine Silbe zu kurz: Wahrscheinlich beruhen
alle derartigen Fälle auf fehlerhafter Ueberlieferung
(vgl. 115. 146). Ich habe jedoch die Verse, ausser
wo die Besserung ganz unzweifelhaft war, unange-
tastet gelassen. Hier könnte man schreiben* contra
lo dreih, *wenn nicht* contra dreh *51. 66 stände;
vgl. indess 62. 68. 71.*

75 uez. 78. fill *fehlt.* 81. del redier.

82 premiers. leails. 86. tostēms, *und so steht öfter
der* n - Strich *überflüssig; vgl. 108. 118. 217. 374.
1003. 1004. 1277.* 93. ves lur mā; *vgl. 91. 408.*

105 von] uos en. 106. e *steht über der Zeile.*

108 bēstēz. 110. mendat, *vielleicht beizubehalten,
vgl.* ferai *für* farai *1336.*

111 mŏt: *könnte aus* mout *verlesen sein, wenn nicht die Hs. immer* mot *schriebe, welche Form auch der Abfassungszeit mehr als* mout *entspricht. Vgl. zu* 86.

115 *vielleicht* Ara vai mi; *vgl. 9.*

118 mătĕnŏ.   129 na Vestis. Vesta, *wie das Original hat, immer in dieser Form, die an den im Mittelalter allgemein angenommenen Zusammenhang des Namens der Göttin mit* vestis *erinnert. Vgl. Passional 563, 66 K.* der kleidere eine gewisse gotinne.

136 — 138. et quia erant nobiles et vim eis inferre non poterat, titulum eis christianitatis opposuit *Vita c. 5.*

137 non sufran, *soviel als* que non sufran, *zu* rasonar *gehörig.* rasonar, *vertheidigen (noch 1368) vergleicht sich dem ahd.* intredinôn, *mhd.* entreden.

142 săproi'o.   147. *vielleicht ist zu lesen* fazam los totz cremar deman.

153 *nach* farem *sind die Zeilen 154. 155 von anderer Hand, die auch die übrigen Nachträge am Rande (bis 217) geschrieben hat,* am Rande *eingeschaltet.*

154 *wohl* militibus. respon.   155. tertius) .. t'.

156 — 168 *stehen am untern Rande der Rückseite von Bl. 70.*   165. conselilara.

170 — 193 *am untern Rande der Vorderseite von Bl. 71; die Ueberschrift rührt von mir her.*

170 onrat.   180 o perdon *von mir ergänzt.*

181 bon.   185. *besser wohl* tal.

194 — 202 *am obern Rande der Rückseite von Bl. 70, zum Theil weggeschnitten.* Quartus *habe ich hinzugefügt.*

196 pere qe.   197. aycel: *die beiden letzten Buchstaben sind unsicher.*   202. st' tut.

203 — 217 *am Rande von 71ᵇ, hin und wieder ein paar Buchstaben weggeschnitten.*

203 loquitur] q¹tᵘ.   206. poirias: ias *ergänzt, ebenso*
216.   212. Enenador.   dir] d. .   213. nul] n. .
215. nulla] nll . .   217. ēnās.   diz] d . .
218. socsietate.   229. crestian.   236. cisti.
247. ᴬ꞊trobat per aizo.   253. aucdacter.

257 que nos em: nos *zu entfernen hätte der Schreiber
nicht nöthig gehabt, da der Dichter* crestia *meist
zweisilbig braucht. Nach des Dichters Gebrauche
ist aber, wenn* nos *wegfällt,* ques *zu schreiben.
Ebenso 394, wo der Schreiber* ieu *erst nachtrug
und* qe *demnach ursprünglich vor* la *stand.*

261 nostra *fehlt.*   263. le]ce.   270. vertazt.
276. uûll.   277. crestian.   289. veritat.
291. vol] nol uol.   cor] car.

301 mantegessez, *aus* mantegessēz (꞊ em). *Hienach
ist wahrscheinlich auch in der zweiten Silbe* e *für
ē zu nehmen und* mantengessem *zu schreiben: doch
habe ich* e *gelassen, weil* tegues *im Boethius
belegt ist.*

302 non *fehlt.*

308 diau : iau *für* ieu *ist in späteren Quellen (des 14.
Jahrhunderts) nicht unerhört: da aber* jusiau *für*
jusieu *nicht vorkommt, so spricht hier der Reim
für* ieu, *und ich habe danach diese und die übrigen
Stellen geändert.*

324 uulle.   326. 328. 336. diau.   336. asorai.

340 ci maih estat. *Der Sinn verlangt einen Gegensatz
zu dem folgenden* cel. '*Glaubt nicht, dass uns
gegeben hat das Gut, das wir besitzen, ..., sondern derjenige, der von der Jungfrau geboren ist*',
also '*nicht eure Göttin, sondern Christus.*' cil
majhestat, *wie ich bessere, ist demnach auf Vesta
zu beziehen.*

355 aᵘstras.

356—366. Ad haec b. Agnes dixit *(356)* 'si filium tuum *(360)*, quamvis iniquo amore vexatum, tamen viventem hominem, recusavi *(359)*, hominem utique qui est rationis capax, qui et audire et videre et palpare et ambulare potest, et fulgore lucis hujus cum bonis perfrui: si ergo hunc caussa amoris Christi *(361)* nulla possum ratione respicere *(359. 360)*, quomodo possum *(363)* idola *(364)* muta et surda *(365)* et sine sensu et sine anima colere *(363. 364)* et ad injuriam summi dei cervices meas vanis lapidibus *(358)* inclinare?' *c. 6.*

360 file. 363. menz sembla, '*noch weniger scheint es mir.*'

366 con qi las deu lo asorar *hat die Hs.; was ich gesetzt heisst 'die Götzen können nicht reden, wie derjenige der sie anbeten soll, der also geistig über ihnen steht.*' lo *in dem Sinne 'derjenige' mit folgendem Relativum findet sich auch bei Amanieu des Escas (LB. 147, 64)* las qu'ieu ai mentaugudas.

367—375. Audiens haec Symphronius praefectus dixit *(367)* 'cupio consultum esse infantiae tuae *(370)*, et adhuc te deos blasphemantem idcirco differo, quia annos tuos infra sensum adspicio. noli ergo temet-ipsam ita despicere *(374)* ut motus deorum incurras' *(375) c. 7. Die dreizehn Jahre (372) sind aus tertio decimo aetatis suae anno cap. 1 entnommen.*

363 āsos. 374. mais nŏ o uullas gēs mespensar. *gēs kann Schreibfehler für ges sein (zu 86), aber da die Form gens belegt ist (Chrestom. 2,19. 4, 26) und auch 804 wiederkehrt, so habe ich nicht geändert. Vgl. zu 301.*

375 diau.

376—400. B. Agnes dixit *(376)* 'noli infantiam corporalem ita in me despicere *(377. 8)* ut putes me te velle habere propitium. fides enim non in annis,

sed in sensibus geritur *(379)*: et deus omnipotens
mentes magis comprobat quam aetates. Deos autem
tuos, quorum me motus incurrere non vis, ipsos
irasci permitte: ipsi loquantur *(395)*, ipsi hoc mihi
praecipiant *(393)*, ipsi jubeant se coli *(394)*, ipsi
jubeant se adorari *(396)*. verum quoniam ad hoc
video te tendere *(397)* quod impetrare non poteris
(398), quicquid tibi videtur exerce.' *cap. 6.*

377 desh°ⁿar, *aber* on *ist unleserlich.*

390 conoisäus: *ein unmöglicher Reim. Denn wenn man
auch in der Zeit, wo das Spiel entstand, franzö-
sischen Einfluss so weit zugeben wollte, dass
conoisans für conoisens stände, so wäre damit
zwar dem Reime, nicht aber dem Sinne aufgeholfen.
Wenn der Schreiber im ersten Verse die Worte
umstellte und dieser ursprünglich lautete* que tu
non fas qes as d'anz mai, *so ergäbe sich als Lesart
für den zweiten* e conoisensa q'ieu non ai, *wobei
nur die Weglassung der Präposition noch Bedenken erregt. Doch kann man vergleichen* de mal
princep ne mal pastor *in der Hs. E. IV. 118,
Bl. 1ᵇ der Chigiana, und ebenda 2ª* man deus als
cels els elemens.

394 ieu *übergeschrieben; lies* qes ieu, *vgl. zu 257.*

401—414. Symphronius praefectus dixit *(401)* 'unum
tibi e duobus *(403)* elige *(404)*: aut cum virginibus
deae Vestae sacrifica *(405)* aut cum meretricibus
scortaberis in contubernio lupanari *(406)*. et longe
erunt a te Christiani *(407)*, qui te ita magicis
artibus imbuerunt *(408)*, ut hanc calamitatem intre-
pido animo te perferre posse confidas. unde, ut
dixi, aut sacrifica deae Vestae ad laudem generis
tui, aut ad ignominiam natalium tuorum eris publicae
abjectionis scotum' *(409)*. *cap. 7.*

403 una, *zu ergänzen* re. dos *für* doas, *das von jün-*
geren Dichtern einsilbig gebraucht wird. *Vgl.*
Denkm. 48, 1 Anm. Ebenso soas *Denkm.* 51, 25,
und schon früher, *bei Peire de la Caravana*, soa
Rayn. 4, 198. sua *bei Peter von Aragonien,*
Rayn. 4, 218.
405 venges nostre diau.   407. tilluē.
409 del.   410. marpauz, *im provenzal. bis jetzt*
nicht belegt: altfr. marpaut.
411 diau.   413. mais] m⁰⁰i.
415—455. Tunc b. Agnes cum ingenti constantia dixit
(*415*) ‘si scires quis est deus meus (*416*), ᴎon ista
ex ore tuo proferres (*417*). unde ego qui novi (*418*)
virtutem domini mei Jesus Christi (*419*), secura
contemno (*420*) minas tuas (*421*), credens quod
neque sacrificem (*424*) idolis tuis (*425*), neque pol-
luar sordibus alienis (*426 — 428. 431*). mecum enim
habeo (*429*) custodem corporis mei (*430*) angelum
domini (*429*). nam unigenitus dei filius (*432*) quem
ignoras murus est mihi impenetrabilis, et custos
mihi est (*435*) nunquam deficiens. dii autem tui aut
aerei sunt (*436*), ex quibus cucumae melius fiunt
ad usus hominum, aut lapidei (*437*), ex quibus
plateae ad evadendum lutum melius sternuntur.
divinitas ergo (*439*) non in vanis lapidibus habitat
(*440*), sed in coelis (*441*), non in aere aut aliquo
metallo (*440*), sed in regno consistit superno. tu
autem et similes tui (*446*), nisi ab istorum cultu
recesseritis (*448 — 449*), similis vos poena conclu-
det (*447*). sicut enim illi igne conflati sunt (*450*),
ut funderentur (*451*), sic colentes eos perpetuo
incendio conflabuntur (*452*), non ut fundantur (*453*),
sed ut confundantur in aeternum et pereant’ (*454*)
ċap. 7.
416 miaus.   425. sa tiua.   429. diau.

436 ze tiaus.   437. corale.   438. sapchas *fehlt*.
440 metalle.
442 am lui, *mit der Dreieinigkeit*. lui *für* lei *setzt die
     Hs. immer (vgl. 478. 539. 673. 683. 899. 1071.
     1314), und bewiesen wird die Form durch den
     Reim* lui : amdui *679*.
443 qe an munt son, '*welche reinen Ton, reine Stimme
     haben, welche in reinem Gesange ihn preisen,' oder
     es ist zu lesen* qe el munt son. munt *für* mont,
     ebenso munt *1082. 1138*, mundat *1109*, mun *434*,
     fun *622*, fust *629. 1026 u. s. w.*
451 coure, *Kupfer*. legar, *schmelzen*.
455 sos.   457. qe sas.
458 so nostre diau.   462. uestiers.
462 adhaec insanus judex jussit eam expoliari *(462)*
     et nudam ad lupanar duci *(463)*. *cap. 8.*
463 maena.   464. lo, *das Minnespiel; vgl. 680
     und öfter.*
474 *Im Original (c. 8)* sub voce praeconis discentis
     (l. dicentis, *474)* Agnen virginem sacrilegam diis
     blasphemiam inferentem scortum *(490)* lupanaribus
     datam *(476 — 477. 485 — 6)*. *cap. 8.*
475 aul *für* avol. *Ueber diese Form vgl. zu Denkm.
     9, 2. 136, 27. Wenn Mahn letztere Anmerkung
     (S. 329) gelesen hätte, würde er seine Bemerkung
     (Gedichte der Troubadours 3, 197) weggelassen
     haben. Andere Beispiele sind noch bei Bernart
     de Rovenac (Rayn. 4, 306)* quar n'a lauzor d'aul
     gent e de vilas, *bei Peire Cardenal (Mahn, Ge-
     dichte 977, 4)* de plus aul *(Hs.* auol*)* gran re :
     Hs. 7226 (Gedichte 978) liest hier sordeyor gran re.
     *Jene Lesart aber wird die richtige sein, denn P.
     Cardenal bedient sich der Form* aul *nochmals in
     dem Liede* Un sirventes farai dels auls glotos, *wo
     einige Hss. fehlerhaft* autz *lesen (Mahn 2, 237).*

Statt aul *findet man auch* aol, *Denkm. 137, 1,
ebenfalls einsilbig gebraucht, dagegen zweisilbig,
also wohl* avols *zu schreiben, 137, 2. Die Doppel-
form hat auch unser Dichter: er braucht das Wort
zweisilbig 511, wo die Hs. fehlerhaft wieder
aul setzt.*

480 equite] eq°.

481 esqasa, *im Lex. rom. 3, 149* escasan. *Das darauf
reimende Wort aber ist mir unklar. Die Hs. hat
deutlich* emiua. *An* milvanus *zu denken liegt zu
fern;* milva *braucht allerdings schon Petronius als
weibliche Schelte, aber aus* milvanus *wird sonst prov.*
mila. *Vielleicht ist* om va *zu schreiben; vgl. 537.*

488 fez.

491 *die Hs. schreibt durchgängig* postribulum, *nicht*
prostibulum, *und es ist daher jene Form als eine
bequemer auszusprechende wahrscheinlich im Mittelalter üblich gewesen. Ebenso wenig habe ich 492
und oft* sonu *in* sono *verändert, so wenig auch anzunehmen ist, dass der Schreiber oder Dichter von
dem Vorkommen der Form* sonu *bei einem alten
Schriftsteller Kunde hatte und sie deswegen brauchte.*

492 plactu.

494 romancium *bedeutet hier weiter nichts als Verse in
romanischer Sprache; vgl. 1419.*

497 *das folgende in der Hs. von Musiknoten begleitet.*
quahanc.

500 pensansa, *gewöhnlich* pesansa, *aber jene Form ist
statthaft. Vgl. jedoch zu 86.*

501 mala, *zur bösen Stunde; vgl. 1432 und Chrestom.
222, 27. 310, 27. Rayn. 3, 376. Parn. Occ. 34.
Albig. 1550.*

506 torba: *man könnte* orba, *blind, schreiben: nur
würde der Dichter dann* ques *gesetzt haben. Indess
da in der ersten und dritten Strophe die Schluss-*

*verse auf einander reimen, so ist auch hier ein
Reim wahrscheinlich. Das Original hat als Schluss-
zeile einen Refrän, der mit* alba *schliesst, das
gewöhnliche bei den Tageliedern.*

510 *Anklang an das Original:* et ai paor quel gilos vos
assatge *Chrestom. 97, 27.*

511 aul. 514. en qal. *Der Sinn ist 'welches Leben
werde ich haben?'* eu *für das später gewöhnliche*
ieu, *wie auch auf* deu *für* dieu *die Hs. noch ein
paarmal hinführt. Vgl. 558. 708.*

520 el bosc clar deua uist at palasih amfos. *Für* palais
könnte man auch palaih *schreiben, wie die Hs.*
pueh, maih *für* pues, mais *setzt.*

521 ala ue uestra. 524. plasent.

525 si° mi. 526. leails.

529 afra, *in dieser Form nur hier, sonst infra 658;*
emfra *843 habe ich für* amfre *der Hs. gesetzt. In
der Bedeutung 'unter, parmi' noch nicht belegt.*

532 a mō; *vgl. 22.*

534 portat[1]: *er trägt in der Hand, nämlich Christus.*

535. 536. *mit Musiknoten; ebenso wieder 539, und 543
bis* tramet.

541 det ei de gladio, *'ihn mit dem Schwerte schlage,'
nach dem provenz. Gebrauche von* dar *(Chrestom.
233, 28). In demselben Sinne wird 538* donar
gebraucht.

558 deu] de. xpīt. 561. aspergesme, *Besprengung.*

565 sos chanz. 567. per sa. 569. diaus.

570 a ci nostra. *Wollte man* ci *beibehalten, dann
müsste* ẏdola *betont werden, was nicht wahrscheinlich ist. Zwar der gleitende Ausgang* ẏdola *in
der Cäsur wäre nicht ohne Analogie, da auch Peire
von Corbiac im Tezaur 283 den Halbvers* e de plors
e de lágremas *hat: vgl. Jahrbuch 4, 234. 5, 408.*

575 pregar *mit dat. der Person, accus. der Sache, wie bei Raimbaut von Orange (Chrestom. 65, 29)* aquol volh pregar.

576 vadunt *fehlt.* 577. Sansa, *was sonst* Sancha, *dieselbe Form Archiv 34, 196.*

593 fille. 596. sperit. aspraz.

597 croz] +, *und ebenso 622. 629. 1026.*

601 ternz; *vgl. zu 86. 374. 500.*

604 requastenar: recastenar *1078. 1122; Lex. rom. 2, 355* recastinar.

607 recitar: *so schreibt die Hs. für das sonst übliche* ressidar, *das hier in intrans. Sinne 'erwachen' gebraucht ist. Vgl. 993. 995. 1034. 1044. 1053.* resitar *steht 1068. Die zweite Hand schreibt* ressitar *1184,* reissidet *1224, aber meist auch* recitar *1213. 1225. 1229. Im latein. Texte steht* recitare *1032. 1048.*

609 fē. 610. be] feī.

621 desnēbres *für* desmembres, *und so immer in diesem Worte* n *für* m: *vgl. 623. 657. 1085. Da grade hier auch das spanische und portugiesische* n *haben (Diez 1², 199), so darf* nembrar *auch als provenz. Nebenform gelten.*

627 veireis, *wahrscheinlich* vei res, *'ich sehe euch nicht (res) bei mir.'*

629 — maire 633 *mit Musiknoten.*

630 tern. 631. forē de. 636. allui.

640 deu; *vgl. zu 993.* 645. desors.

656 — 663 *nochmals, von Musiknoten begleitet, am untern Rande der Rückseite von Bl. 74 und der Vorderseite von Bl. 75 (b), während im Texte (a) ohne Noten.* Seyner *b.* mili** *a,* mil *b.* milia *(Chrest. 32, 35. 326, 30.* melia *Albig. 263) wäre ebenso statthaft wie* mili *(Chrest. 6, 13):* milias *ist wohl nur durch das folgende* gracias *veranlasst.*

mil *ist entschieden fehlerhaft, da* gracias *im Verse
immer nur zwei Silben bildet.*

657 car *b.*   659. drab *a.*   660. senor *fehlt b.*

662 noi sol fayllir *b. Beide Lesarten entbehren des
Reimes: es wird zu lesen sein* qes als sieus el non
va faillent.

667 tot *ist gemeinsames Object von* ausirem *und* escou-
tem, *eine bekanntlich im Mittelhochdeutschen gar
nicht seltene syntaktische Erscheinung.*

668 quasi insultaturus puellae *cap. 9.*

672 an lainz] ālɪ*z.

675 escortum *mit vorgeschobenem* e *nach romanischer
Weise, wie* ispectant *684.* scortum *hier und 684.
753 in der Bedeutung 'Hurenhaus.'*

685 hinc] ihē.   688. tinēt.

693 — 700. *Diese Verse können eine Tirade bilden, wie
eine solche in* at *gleich darauf folgt. Aber die Analogie der früheren Stelle, wo Agnes die* meretrices
*tauft (588. 589), führt auf eine zweizeilige Antwort,
wie auch die vorausgehenden Reden und die folgende je zwei Verse umfassen. Der fehlende Vers
würde gelautet haben:*
     e volrem far e dir tot qant comandares.

699 enquer] en retorn*as. *Der Schreiber sprang ins
folgende hinüber.* retornases] retornas *am Schlusse
des Verses, und es zum folgenden gezogen.*

703 for torbat; *vgl. 772.*

706 solez, *vgl. 740.*   708. deus] d's.

709 audent] *die Hs. lässt unsicher, ob* eiūt *oder* ciūt *steht.*

715 inerunt.   716. ueñt.   717. vos *fehlt.*

720 desionrar.   726. gauadar, *in* gaurdar *gebessert.*

732 ques aues, *ohne* fah.   733. uulle.   per trasah,
noch 880. 1350; bisher war nur a trazag *und* en
trazag *(Lex. 5, 400. Chrestom. 106, 5. 249, 10) belegt.*

736 sabē bē.   737. fom] fō.

739 *Der Reim* resplant : regnat *ist nicht wahrscheinlich.*
Allerdings stand dieselbe Formel 706, aber ebenso
richtig wäre en son regnant, *als substantivisch*
gebrauchtes Particip.

748 que siau.   765. garda da ser e mati.

772 malgrat ieu; *vgl. 703.*

780—785 videntes autem socii ejus quod moras intus
innecteret *(782)* putabant obscoenis eum operibus
occupari *(783—84) cap. 9.*

781 veser] vesz, *aus falscher Auflösung der Abkürzung.*

782 quel ces.   demorat.   783. qella.

786 Xextus.

789 et ingressus est unus de juvenibus *(789)* .. et mortuum eum inveniens *(789)* exclamavit magna voce
dicens *(790)* 'piissimi Romani, succurrite *(792)*!
magicis artibus *(vgl. 824)* ista meretrix *(824)* praefecti filium interfecit' *(793). cap. 9.*

790 clamado.

792 raida, raida: *der Sinn verlangt einen Hilferuf,*
wofür auch die Verdoppelung spricht. Am ein-
fachsten scheint mir anzunehmen, dass in der Vor-
lage stand ai^{r}da, *und der Schreiber das* r *an falsche*
Stelle setzte; lat. succurrite. aidar aidar *in der-*
selben Verdoppelung, aber im imper., bei Guillem
de S. Gregori: Chrestom. 161, 16.

795 *am Schlusse von 76^b; 76^c hat nach einem frei*
gebliebenen Raume Z. 796—807 zwischen Musik-
noten. Das fehlende ist nach dem Sinne leicht zu
ergänzen: etwa et ponunt corpus mortui in medio
campi *(oder in feretro)* et faciunt planctum omnes
simul in sonu ... *(vgl. 626. 1111); denn nach der*
Melodie eines anderen Liedes wird auch dieses
gedichtet sein.

797 ucaiso.   798. portar, *darüber* sufrir.

799 ques el.   801. rason.

806 engosa, *Chrestom. 395, 18* engoysa, *gewöhnlich prov.* angoissa.

813 em agut eisordat '*wir sind betäubt worden.*' em agut, *wörtlich* '*wir sind gehabt*' *für* '*wir haben gewesen,*' *mit Umkehr der beiden Hilfsverba statt* avem estat. *Weitere Beispiele aus dem prov. und den andern romanischen Sprachen führt Mussafia (Jahrbuch 5, 247 fg.) an, der aber* '*ich bin gehabt*' *für* '*ich bin gewesen*' *nimmt. Genau vergleicht sich das in Süddeutschland verbreitete* '*ich trage ihm helfen*' *statt* '*ich helfe ihm tragen.*' *Unser Denkmal gewährt noch vier Belege:* em agut *wie hier* 923, es agut 877. 1214. 1226. eisordar, *betäuben, noch 923, war bisher unbelegt.*

815 non *in* nos *zu verändern ist leicht, aber durchaus nicht nothwendig.*

818. 819 *in der Hs. in umgekehrter Folge, doch mit Umstellungszeichen versehen.*

821 deman. 824. Ade saputa; *vgl. 1145.* fachuriera, *Zauberin: belegt war nur das masc.* fachurier.

827 fiell.

828 tiracar, *was sonst* tirassar, *schleifen.*

829 gresec = gresesc,

831 nigraumacia, *in dieser Form nicht belegt; sie könnte wieder durch Buchstabenversetzung aus* nigramancia *entstanden sein.*

833 ambella art. sainta *ist in der Hs. ausgekratzt, wohl aus religiösen Bedenken.*

843 am fre colobras.

845 graichan, *bei Rayn. 3, 499* graissan, *crapaud.* esorpions = escorpions.

846 roiran, *von* rozer, *rodere; doch kann auch der infin.* roire *(Rayn. 5, 100) angenommen werden. Das Futurum war bisher noch nicht belegt.*

850 a *fehlt.* 864. lo buh. 865. to ihorn: *der Schreibfehler wiederholt sich in derselben Verbindung 913.*

871 respodit. 873. *vielleicht in* avian *zu ändern.*

875 cui de ; *vgl. 558. 925.*

876 q̄ so auē. 889. omnis.

898 per ver *fehlt.* 900. venerunt] uenzi; z *aus* er, *vgl. 781.*

906 — 961 *fehlen die Ueberschriften in der Hs. und sind von mir nach dem Zusammenhange ergänzt; es ist aber überall Raum dafür vom Schreiber gelassen, eine Zeile bei 906. 916. 935, zwei bei 911. 921. 928.*

907 a femna. 909. deuō star.

917 Ci romā. 920. ansrelz, s *scheint in* t *gebessert.*

925 cui de.

931 ci putās. cel] ço. 933. ques an.

934 guⁿbat; *vgl. 874.*

937 plorat *müsste in dem Sinne von éploré, verweint, genommen werden. Vielleicht aber ist vorzuziehen* em = avem *zu fassen; vgl. das decomponierte Futurum und Anm. zu 813.*

938 *hier ist ein grösserer Raum frei geblieben: es wird die Ueberschrift wieder die Angabe der Melodie enthalten haben, in der das folgende Klagelied gedichtet war.*

943 faz *fehlt.*

946 *auch hier wie 951. 956. 961 ist mehr Raum gelassen: die Melodie der beiden nächsten Gesänge ist dieselbe.*

948 fiell. esguir, *von* esguirar: *Lex. 3, 162.*

953 ai] a. 955. uieurai ai ai tostēps.

957 cum .. caussas mortis ejus ab ea vehementer inquireret *cap. 10.*

957 fiel. 958. falsea = falseza, *wie* creza *und* creą *(für* creja*) neben einander vorkommen.*

959 lo ren. 960. as *fehlt.*
961 ait ad eum beatissima Agnes *(961)* 'ille cujus volun-
tatem volebat perficre *(963)* ipse in eum potestatem
accepit *(965)*. quare autem omnes qui ad me ingressi
sunt *(976)* sani sunt *(978)?* quia universi dederunt
honorem deo *(974)*, qui mihi misit angelum suum
(968), qui et induit me hoc indumento misericordiae
et custodivit corpus meum *(969)*, quod ab ipsis
cunabulis Christi consecratum est et oblatum. videntes ergo splendorem angelicum *(974)* adorabant
omnes *(975)* et abscedebant illaesi *(978)*. hic autem
impudens statim ut ingressus est, saevire coepit et
fremere; cumque manum suam ad me contingendam
aptaret *(982)*, dedit eum angelus domini *(983)* in
reprobam, quam conspicis, mortem' *(984)*. Dicit ei
praefectus *(986)* 'in hoc apparebit quia non magicis
artibus ita gessisti, si deprecata fueris *(993)* ipsum
angelum *(988)* ut restituat mihi *(993)* filium meum
sanum' *(994)*. Cui b. Agnes dixit *(1001)* 'licet
fides vestra hoc impetrare non mereatur a deo
(1003), tamen, quia tempus est ut virtus domini
mei Jesu Christi manifestetur, egredimini omnes
foras *(1010)*, ut solitam ei orationem offeram' *(1012)*
cap. 10.
988 mon fil] ques il, *zum Theil undeutlich.*
993 den *für* dein, denh, *ebenso* 1014. 1378. den **für**
denhz *1091; vgl. auch zu 640. Die Bezeichnung
von mouilliertem* n *durch einfaches* n *ebenso in* sener
3. 18. 59. 143. 468. 497. 524. ensenada *280.*
luen *407.* companos *802.* lunas *1011.* guasanar *1409.*
Gewöhnlich wird es durch in *ausgedrückt:* seiner
8. 361. 726, seyner *157. 205.* enseinada *228.*
compaina *352.* compaino *908.* poin *741.* gasainar
1072. inn *findet sich in* seinnors *1189,* seynnors
1280, enseynnarai *1299, und demgemäss nach* i

nur nn: linnage *1302. Einmal findet sich* ini:
luiniarai *515. Durch lateinischen Einfluss steht*
magna *353. Das mouillierte* l *hat die später allge-meine Bezeichnung durch* lh *nur in der Rand-schrift,* conselh *161, und in dem was die zweite Hand schrieb,* aicilh *1216. Meist findet sich* ll: consellada *20.* vuell *36. 276. 324. 350.* vulla *51. 326. 374.* vull *96.* vullas *1087.* moller *87.* mellor *210.* despullar *462. 1345.* bulleres *1199; seltener* eil *(12. 917. 1028. 1076. 1198, in der Randschrift* conseil *175,* trebayl *187) oder ein-faches* l: vuel *212. 1070. 1071. 1350.* vulas *723. 1102.* consel *828.* batalat *866.*

1001 abet] ah't.   1002. 1003. bē : fē.
1011 ellunas.   1018. seorsum] sesū.   1024. plactu.
1026 — 31 *mit* Musiknoten.   1026. Aai.   q̄us ē +.
1027 tern.   1038. angelus, *abgekürzt* āl's, *ebenso*
     1054.
1039 cacobus *für* cacabus, *Kochtopf.*
1040 quem *für* quam *kann der Dichter geschrieben haben, weil er es dem Sinne nach auf den Jüngling bezog.*
1042 — 45 *mit* Musiknoten.
1048 postera.
1052 homē *ist wohl fehlerhaft für* home *geschrieben (zu 86); doch ist die Möglichkeit nicht auszu-schliessen, dass mundartlich das* n *sich erhielt (*omnes *Boeth.,* omen *Alexander).*
1054 dicennzs.   1059. apodixexs.
1060 porrigit] m°git.
1061 in cruce, *ebenso 1109, in Kreuzesform d.h. mit ausgebreiteten Armen, mhd.* en kriuzestal.
1062 la m'.
1063 — 1072 *mit* Musiknoten. unus est deus *(1063)* in coelo et in terra et in mari *(1064),* qui est deus christianorum *(1065)* cap. 10.   1065. crestiaz.

1066 *zehnsilbig, wie die folgende Strophe auch und wie*
das angeführte Bruchstück des Originalliedes.
Demnach sind die Zwölfsilbler 1063 — 1065 fehler-
haft; sie lassen sich unschwer auf das richtige
Mass bringen:

> us dieus sols es que pot ben e mal far,
> cel qu'a fah cel e terra el fuec el mar,
> le dieus que volun li crestian asorar.

1068 *nicht als Anfang einer Strophe bezeichnet.*

1074 ipᵤ̄, *das wäre ipsum.*

1080 daierenant, *was sonst* deserenant *(Lex. rom. 2, 96).*
xɪpt. 1083. tan uolgut. escapar, *hier in*
transitiver Bedeutung 'entrinnen machen, befreien.'

1085 passion. 1086. fazˡⁱᵃ, *mit Weglassung des*
Striches aus fāzˡⁱᵃ; *zu 301.*

1087 diau. 1094. es ieu *fehlt.*

1097 sias *als Conjunctiv aufzufassen ist durch den*
Gedanken nicht begründet. Ich halte es für eine
eigentümliche Bildung des imperf. neben era: die-
selbe kommt nochmals vor 1115 nos siam periz,
'wir waren verloren.'

1099 el mar: el *für* e la *stand allerdings 1064, aber*
dort waren zwei Paare von Worten cel e terra,
beide ohne Artikel, und el fuec el mar, *beide mit*
Artikel, verbunden. Härter erscheint die Verbin-
dung cel el mar.

1101 a dat *fehlt.* 1102. la mi. 1104. in
capite] ɪc'. 1105. qu. 1107. sapcihas.
esser] eā.

1113 — 24 *mit Musiknoten versehen.*

1115 periz] perdut. *Vor* perdut *scheint noch ein Buch-*
stabe wie i, *als Wort für sich, zu stehen. Viel-*
leicht ja.

1121 nostri, *wie* autri *892. 1139. 1172.*

1122 nos *fehlt.* 1125. Fato.

1126 cilete *d. i. silete. Also auch in diesem proven-*
zalischen Spiele wie in den mittelalterlichen deut-
schen Schauspielen finden wir den an die Zu-
schauer gerichteten Ruf. Vergl. darüber Germania
5, 97 — 99. Er wiederholt sich noch 1287. 1327.
1358.

1130 de mātenent.   1135. q̄ sus sus.
1149 q̄ sonmais.   1150. mah.   1151. vos *fehlt.*
1152 dan *für* don, *noch 1234, vielleicht durch fran-*
zösischen Einfluss.
1157 illi *stand schon 674 für* ella: *hier erweist das*
Metrum die Form. Die Endung ist zu erklären
wie die Nebenform li *für* la. cisti *stand fehlerhaft*
für cist *236,* vostri *für* vostra *1290, und so habe*
ich auch vestri *1243 geschrieben, wo die Hs.*
uostrei *hat. Das* i *der ersten Silbe vergleicht sich*
dem timia *12.*

1161 a *fehlt.*   1173. diau.   1175. cōnoisia.
1178 *Von hier an bis 1240 hat eine andere Hand*
geschrieben, deren Orthographie auch von der
ersten mehrfach abweicht.

1186 que sa mot.   stat.
1190 mot ai stat. *Die beiden ersten Verse dieser Rede*
sind allein achtsilbig, die übrigen haben zehn Silben.
Auch in den nächsten Reden finden wir solche
fehlerhafte Mischung verschiedener Versmasse: so
umgekehrt die Einmischung einiger zehnsilbiger
Verse unter achtsilbige (1213. 1220. 1221. 1224 bis
29. 1234 — 36. 1239. 1240). Alle diese Stellen
kommen auf das kurze Stück, das der zweite
Schreiber schrieb. Im vorhergehenden begegnet der
Fall nur einmal (zu 1066), im folgenden aber
auch nicht selten (1258. 1273. 1274. 1305. 1306.
1330 — 33), zwölfsilbige Verse kommen einmal nach
zweisilbigen vor (1291. 92), und zweimal (1306. 7)

bindet sich ein zwölfsilbiger mit einem zehnsilbigen
(1297. 98). Auch hier ist es aber eine kleine
Strecke von Versen, am Schlusse kommt es nicht
mehr vor.

1192 essant. 1199. e en ēnfern. 1201. asscā.

1202 des, *imperf. conj.; man erwartet das Präsens,*
das aber im conj. von dar unüblich ist.

1204 sa gran : sa *könnte zur Noth beibehalten werden,*
vgl. *Denkm. 216, 16* de cui vos vuelh comtar sa via.

1205 ce fills. 1206. sas diz q̄ saynes.

1209 pausa *ist roth geschrieben.*

1210 encient *kann wiederum fehlerhaft für* ecient
(= escient) *stehen (vgl. zu 86. 301. 374), aber die*
Form entient *kommt wenigstens altfranzösisch*
für escient *vor. Das ist nicht mit Mätzner (alt-*
französ. Lieder S. 118) für eine andere Form von
entent *zu nehmen, denn es bildet überall im Verse*
drei Silben.

1211 meschinamen. *Der Schreiber scheint hier in die*
folgende Zeile hinübergerathen zu sein: es muss
heissen que fassas tan meschinament que cresas
' dass ihr so übel thut zu glauben.'

1213 *Vgl. zu 1190. Hier könnte man einfach* de mort
streichen.

1214 iaus diray q̄sses. 1217. fom, *ebenso 1224. 1225.*

1221 *vielleicht* per sas artz.

1232 que es: *der zweite Schreiber setzt nicht das den*
Hiatus beseitigende s.

1233 torbātz. 1235. sa fēna.

1236 sieua. sia, *nicht* sieua, *kann einsilbig gesprochen*
werden, was hier der Vers verlangt.

1241 romãs. 1243. uostrei.

1258 q¹eu n pēria: *der einzige achtsilbige Vers unter den*
zehnsilbigen von 1242 — 1263, daher wohl mit
Sicherheit zu bessern.

1260 sēna, *vielleicht* i en a.

1262 noz tain.   1266. rejhas *für* regas, *von* regir.
Der Conjunctiv war bisher nicht belegt.

1270 deisaresar, *von dem simplex* aresar (*Rayn. 5, 82*),
also 'aus der Ordnung bringen.'

1276 ill *fehlt.*   1277. prēnas.

1285 acendunt *für* ascendunt, *wie* cire *für* scire.

1289 Naspani, *und die dreisilbige Form ist in der That
durch 1335. 1429 erwiesen, aber* nAspains *stand,
durch das Metrum bezeugt, 1246, und so war
auch hier zu schreiben.* seiner *übergeschrieben.*
que *fehlt.*

1291 mēta.   1294 co, *zu sprechen* ço; *ebenso 1303.*

1297 *die unregelmässige Verbindung eines zehn- und
zwölfsilbigen Verses wird berichtigt, wenn man
schreibt* si trop crestians. *Der Fall kommt nochmals vor 1305. 6, wo man* tota *streichen darf.*

1312 quesitum *fehlt; vgl. 1313. 1318.*

1320 el plus belz.   1324. Belz roth *geschrieben, also
nachgetragen.*   1331. logamēz.

1338 desāprar.   1339. iheu: *diese fehlerhafte Schreibung für* ieu *kommt noch 1407. 8 vor; daneben
auch einmal* iehu *1440, wie* siehu *1441.*

1350 qieheu *für* qe iheu; *vgl. zu 1339.*

1351 aspinas.   1357. ante] añ.

1358 sonuerint] merīt, *also wohl die erste Silbe fort-
gefallen wie in* loquitur *203.*

1361 q̄s ahm.   1366. *vielleicht* volc.

1388 — 94 *zwischen Notenlinien, die Noten aber sind
nicht beigeschrieben.*

1388 q̄s en croz.   1392. nos ͺas.

1396—1410 *mit Musiknoten.*   1411. aīgl'o rphel'i.

1412 plactū.   1414— 17 *mit Musiknoten.*

1415 la part mi.   da *für* de *stand schon 1412.*

1417 aparaellada.   1420 — 27 *mit Musiknoten.*

1431 blastenida. 1432. ěe.

1435 sachas: *könnte auch franzöz. Einfluss sein, wie* saches *im Ludus s. Jacobi, Chrestom. 404, 36.* u's d'sēnaz: vers *ist wohl kaum richtig, man erwartet eher* tot.

1436 enaptaz: *es ist wohl* enantaz *zu lesen; vgl. 668.*

1441 qiehu. 1441. siehu.

1455 *die Worte* et revertitur — dicens *stehen am Rande.*

1459 si putās.

1465 *Als Subject müssen Hunde ergänzt werden. Da nun im provenz. neben* cas *eine Form* chis *vorkommt (LB. 132, 39), so könnte man schreiben* e mangaran lo corps li chi. la corps.

1469. 70 *mit Musiknoten.*

1473 istam: m *ist ganz unsicher, das folgende Wort gar nicht zu lesen.*

1475 Ehc.

Lies 5 *recedit.* 693 am. 899 tot.

Halle, Buchdruckerei des Waisenhauses.

J.G.C. Oberdieck

Illustriertes Handbuch der Obstkunde

Zusätze und Berichtigungen zu Band I. und IV.

SALZWASSER
VERLAG

J.G.C. Oberdieck

Illustriertes Handbuch der Obstkunde
Zusätze und Berichtigungen zu Band I. und IV.

1. Auflage | ISBN: 978-3-75251-160-4

Erscheinungsort: Frankfurt am Main, Deutschland

Erscheinungsjahr: 2020

Salzwasser Verlag GmbH, Deutschland.

Nachdruck des Originals von 1868.

Illustrirtes

Handbuch der Obstkunde.

Zusätze und Berichtigungen

zu

Band I. und IV.